한국어로 타이완 문화와 놀자

포모사 문화의 만화경

用韓語說臺灣文化

繽紛的萬花筒——福爾摩沙

國立政治大學

郭秋雯（곽추문）　編著

李賢周（이현주）　審訂

緣起

　　國立政治大學外國語文學院的治學目標之一，就是要促進對世界各地文化的了解，並透過交流與溝通，令對方也認識我國文化。所謂知己知彼，除了可消弭不必要的誤會，更能增進互相的情誼，我們從事的是一種綿密細緻的交心活動。

　　再者，政大同學出國交換的比率極高，每當與外國友人交流，談到本國文化時，往往會詞窮，或手邊缺少現成的外語資料，造成溝通上的不順暢，實在太可惜，因此也曾提議是否能出一本類似教材的文化叢書。這個具體想法來自斯拉夫語文學系劉心華教授，與同仁們開會討論後定案。

　　又，透過各種交流活動，我們發現太多外國師生來臺後都想繼續留下來，不然就是臨別依依不捨，日後總找機會續前緣，再度來臺，甚至呼朋引伴，攜家帶眷，樂不思蜀。當然，有些人學習有成，可直接閱讀中文；但也有些人仍需依靠其母語，才能明白內容。為了讓更多人認識寶島、了解臺灣，我們於是興起編纂雙語的《用外語說臺灣文化》的念頭。

　　而舉凡國內教授最多語種的高等教育學府，就屬國立政治大學外國語文學院，且在研究各國民情風俗上，翻譯與跨文化中心耕耘頗深，舉辦過的文康、藝文、學術活動更不勝枚舉。然而，若缺乏系統性整理，難以突顯同仁們努力的成果，於是我們藉由「教育部高教深耕計畫」，結合院內各語種本國師與外師的力量，著手九冊（英、德、法、西、俄、韓、日、土、阿）不同語言的《用外語說臺灣文化》，以外文為主，中文為輔，提供對大中華區文化，尤其是臺灣文化有興趣的愛好者參閱。

　　我們團隊花了一、兩年的時間，將累積的資料大大梳理一番，各自選出約十章精華。並透過彼此不斷地切磋、增刪、審校，並送匿名審查，終於完成這圖文並茂的系列書。也要感謝幕後無懼辛勞的瑞蘭國際出版編輯群，才令本套

書更加增色。其中內容深入淺出，目的就是希望讀者易懂、易吸收，因此割愛
除去某些細節，但願專家先進不吝指正，同時內文亦能博君一粲。

國立政治大學外國語文學院院長
於指南山麓

머리말

저는 원래 한국어 문법과 한국어 교육을 중점적으로 연구해 왔습니다. 2009 년 무렵 한류와 한국학의 흥행에 따라 저도 한류와 문화콘텐츠산업에 대한 연구를 진행하기 시작 하였습니다. 이를 통해 『한국문화콘텐츠산업정책과 동향』이라는 저서를 출판하였으며 그 후에는 타이완에서 한국 문화콘텐츠를 소개하는 일에 최선을 다해 왔습니다. 2016 년에 는 타이완 문화부의 위탁으로 연구 프로젝트를 진행하였는데 이것은 「문화콘텐츠책진원 (Taiwan Creative Content Agency)」이 출범하는 계기가 되었습니다.

4 년 전쯤 문득, '이제는 타이완의 문화콘텐츠를 한국에 소개해 줄 때가 된 것 같다.' 는 생각이 떠올랐습니다. 이런 저의 속마음이 전해지기라도 한 듯 이듬해 타이완 외교부로 부터 한국 대학생들을 대상으로 타이완 관광 문화를 주제로 특강을 해 달라는 요청을 받았 습니다. 저는 그때부터 타이완 문화 연구에 몰두하였습니다. 당시 저는 한국 사람들에게 타 이완을 소개하기 위해 타이완 문화를 연구하게 된 것이 저의 인생에서 또 한 번의 찬란한 불 꽃을 태울 기회인 것 같아 몹시 기뻤습니다.

1 여 년의 집필 시간을 거쳐 올해 초 이 책을 탈고할 때쯤 한국의 한 대학에서 타이완 문화를 주제로 온라인 강의를 해 줄 수 있냐는 요청을 받았습니다. 이것은 타이완 문화를 한 국에 소개하고자 했던 제 오랜 소원이 결실을 맺게 되었다는 것을 뜻하기에 이러한 요청이 더없이 반가웠습니다. 강연 후에는 한국 사람들이 타이완 문화를 한층 더 친숙하게 느꼈다 고 하였습니다. 한국과 타이완의 문화적 거리를 좁히는 데 기여한 것 같아 이 또한 매우 보 람되었습니다.

최근 몇 년 사이에 타이완의 관광, 영화, 드라마, 음식 등이 한국인들에게 각광받고 있습니다. 타이완을 한층 더 깊이 이해하고자 하는 한국인은 늘고 있으나 언어적 제한 때문 인지 한국인들이 타이완에 대해 상세한 정보를 찾는 것은 쉽지 않다고 여겨집니다.

이 책은 타이완의 대중적인 문화 소개서로 타이완인들에게는 친숙한 내용입니다. 그 러나 이를 한국어로 표현하는 것은 그리 단순한 작업이 아니었습니다. 그렇지만 한국인은 물론 타이완인들을 위해 타이완의 일상생활과 다양한 이야기를 한국어로 쉽고 재미있게 소개하고자 하였습니다 . 한국인들이 이 책을 통해 타이완 문화를 좀 더 올바르게 이해할 수 있기를 바랍니다 . 또한 한국인들에게 타이완 문화를 소개하고자 하는 타이완인이 있다면 이 책이 유용한 참고서가 될 것이며 , 문화교류의 한축을 담당할 수 있기를 희망한다 .

　　마지막으로 , 이 책은 교육부의 고등교육 심경 프로그램 (Higher Education Sprout Project) 의 지원금과 정치대학교에서 계획한 프로젝트의 도움으로 출판할 수 있게 되었습니다 . 타이완 문화를 홍보할 수 있는 기회를 주셔서 진심으로 감사드립니다 . 그리고 감수해 주신 이현주 선생님과 동아연구소 박사반에서 공부하는 진태훈 학생 , 그리고 귀한 사진을 제공해 주신 기족과 친구들에게 감사의 뜻을 전합니다 .

2021 년 8 월 4 일
타이완 정치대에서

編著者序

　　2009 年開始，我從韓國語言學跨領域到韓國文創的研究，並出版《韓國文化創意產業政策與動向》專書，自此不遺餘力地向臺灣介紹韓國文創產業，2016 年承接文化部計畫，成果催生了「文化內容策進院」。約莫 4 年前，心中開始萌生一個想法：「是該時候要向韓國介紹臺灣了」，此念一出，隔年外交部便委託我以臺灣觀光文化為主題向韓國大學生做演講。從此我開始研究臺灣文化，很高興人生有這麼一個小火花。

　　本書的撰寫歷經 1 年多，在接近完成的今年初，突獲韓國韓國梨花女子大學的邀請，希望我能以臺灣文化為題進行線上演講，這讓我再次感受到信念的力量。很開心他們聽了我的演講後，對臺灣產生了憧憬。

　　這幾年臺灣的觀光、影視、食物頗受韓國人的喜愛，但他們對臺灣可能不甚了解；又，礙於語言限制，喜愛臺灣文化的韓國人不易搜尋到完整的訊息，希望這本書可以成為他們認識臺灣民情文化的指南，也能扮演文化交流的角色。

　　這是一本科普的文化介紹書，包含台灣歷史地理、飲食、生活、觀光…等，內容是臺灣人熟悉的日常，但如何用韓語來說明，恐怕不容易。因此，期許這本書對於臺灣讀者不僅是一本韓語學習書，在反向介紹臺灣時，亦是一本有益的參考書。

　　最後要感謝教育部高教深耕計畫的補助及政治大學長官們的規劃，讓我有機會完成心願，為臺灣文化的行銷盡棉薄之力，也要謝謝幫我校稿的李賢周老師及東亞所博士班陳泰勳同學，還有提供珍貴相片給我的親友們，謝謝大家。

2021.8.4 於政治大學

목차 目次

제 8 장 **신기하고 독특한 타이완의 일상 문화**
(新奇又獨特的臺灣日常文化) ······141

제 1 장

지리 · 역사
地理 · 歷史

地理・歷史

臺灣除了原住民外,還有閩南人、客家人,以及隨蔣介石國民政府來臺的所謂外省人,每個民族所帶來的文化在臺灣融合為臺灣特有的多元文化,卻又保有自有文化。

臺灣早期受過西班牙、荷蘭、日本的外來統治,發生了不少衝突流血事件,1945 年日本戰敗,蔣介石接管臺灣,在臺灣長期居住的所謂本省人再次接受外來的統治,不料 1947 年爆發「2.28 事件」,加深了本省人與外省人之間的嫌隙。1949 年白色恐怖時期讓臺灣人民陷入苦海,許多菁英份子在此時被消失,1991 年才結束長達 38 年的白色恐怖。

臺灣與韓國的民主化之路極為相似,1947 年臺灣發生「2.28 事件」、韓國發生「濟州 4.3 事件」;1979 年臺灣發生「美麗島事件」、1980 年韓國發生「光州民主化運動」,之後各自開啟民主時代,包括總統民選。

원주민 풍년제

지리 · 역사

1.1 타이완의 지리

타이완의 위치

타이완 기본 정보

면적 : 3 만 6 천 제곱 킬로 미터

인구 : 약 2 천 3 백여 만 명

수도 : 타이베이시

언어 : 중국어 , 타이완어 , 하카어 , 원주민 방언

종교 : 불교 , 도교 , 기독교 , 천주교 , 기타

기후 : 북부지역은 아열대기후 , 남부지역은 열대기후

일본과 필리핀 사이에 위치한 타이완은 아시아 대륙의 남동쪽과 태평양의 서쪽 사이 즉 지구상에서 가장 큰 육지와 가장 큰 해양이 교차하는 중간 지점에 위치하고 있어 아시아 태평양 지역의 해운과 공운 교통에서 중요한 통로가 된다 .

타이완은 타이완 본 섬과 진먼 (金門), 마주 (馬祖), 펑후 (澎湖), 뤼다오 (綠島), 란위 (蘭嶼) 등 여러 개의 크고 작은 섬으로 구성되어 있다 . 타이완 본 섬과 주변 섬 및 도서 지역을 포함한 전체 면적은 36,197km^2 이며 , 거주 인구수는 약 2,300 여 만 명이다 [1].

타이완 본 섬은 고구마 같은 형상으로 동쪽과 서쪽은 좁고 , 남쪽과 북쪽은 길며 산과 숲이 타이완 면적의 3 분의 2 를 차지한다 . 타이완은 산이 유독많은데 3,000 미터 이상 높이의 산이 268 개나 된다 . 그중에서도 옥산은 3,952 미터로 타이완에서 가장 높은 것은 물론 동북아시아에서도 가장 높은 산이다 .

---

1 이 책에서는 고유명사를 중국어 발음으로 표기하도록 하지만 한국 언중들에게 익숙한 언어로 표기하는 고유명사도 존재한다 .

타이완은 동고서저 (東高西低) 형으로 서부는 평탄한 평원 지역이다 . 일찍이 스페인과 네덜란드가 타이완의 서부 지역을 점령하면서 교통 건설이나 공업 , 농업 등도 서부 지역에 집중되어 발전했고 , 대부분의 인구도 이 지역에 밀집되었다 . 이에 비해 , 동부 대부분은 중앙 산맥과 해안 산맥이 가로지르고 있어서 인구가 적고 산업시설의 발전 역시 더딘 편이다 . 하지만 오늘날의 동부는 자연환경의 아름다움과 지방의 특수성 때문에 많은 관광객들의 주목을 받고 있다 .

타이완의 지형

타이완의 기후는 북부지역은 아열대 기후 , 남부지역은 열대기후에 속한다 . 북부지역은 남부지역보다 기온 변화가 크고 비도 많이 내린다 . 타이완은 전반적으로 온도가 비교적 높고 , 습도도 높은 편이다 . 2020 년 기준으로 타이완의 연평균기온은 24.6℃인데 이는 한 해 전인 2019 년의 24.5 ℃보다는 0.1℃ 높은 것이다 . 한 여름인 7~8 월은 가장 무더운 날씨를 보이며 최고 기온은 40℃에 달했다 .

1.2 타이완이라는 이름의 유래

한국에서 '臺灣 (Taiwan)'을 한국어로 발음할 때 한자음인 '대만'으로 부를지 중국어 발음인 '타이완'으로 부를지에 대해 논쟁이 된 적이 있다 . 한국 정부에서는 주로 '대만'으로 부르고 있으나 한국 언론사들은 '대만'으로 부르기도 하고 '타이완'으로 부르기도 한다 . 국립국어원 표준국어대사전에는 '대만'과 '타이완' 두 단어가 모두 등록되어 있다 .

2020 년 2 월 24 일 SBS 의 '취재파일' 보도에 따르면 [2] 한국이 '臺灣'을 표기할 때 '대만'과 '타이완' 중 하나를 결정해서 사용해야 하나 아직

---

2 SBS 뉴스 '취재파일' (2020.02.24), 대만인가 ? 타이완인가 ?
   https://news.sbs.co.kr/amp/news.amp?news_id=N1001663087

까지 명확한 결론을 내리지 못하고 있다고 하였다.

　　'臺灣'의 이름이 다양하게 불리는 것은 역사적인 배경에서 찾아볼 수 있다. 1992년 한국과 타이완이 단교하기 전까지 한국은 타이완에 대한 공식 호칭을 '중화민국' 또는 '자유중국'으로 불렀는데 단교한 후에 한국정부를 포함한 대부분의 한국인들은 관습적으로 '臺灣'을 한자발음인 '대만'으로 불러왔다. 후에 과거의 '월남'을 '베트남'으로 수정한 것과 같이 '대만'을 '타이완'으로 부르는 경우가 많아졌다. 그러나 '대만'으로 부르는 한국인이 여전히 많다. 이처럼 한국에서는 '臺灣'에 대한 공식적인 명칭을 정하지 못한 채 여전히 논쟁의 대상이 되고 있다.

　　그러나 역사적으로나 언어학적으로나 따져 보면 '타이완'이라고 부르는 것이 더 적당하다고 본다. '臺灣'이라는 명칭은 명나라(萬曆年間 1573-1615) 때부터 민간에서 이미 사용하고 있었으며 명숭정 8년(明崇禎 8 年, 1635년)부터는 정부 공문에서도 본격적으로 '臺灣'을 사용하기 시작하였

안핑구바오

다.[3] 그때의 '臺灣'은 '타이완'과 비슷한 발음이었다. 'Taiwan'이라는 발음의 유래에 대해서는 여러 설이 있는데 그 중에서도 가장 유력한 설은 원주민 시라야 족 (西拉雅, Siraya)[4] 의 '台窩灣 (Tayouan)'에서 유래되었다는 것이다.

　　'台窩灣 (Tayouan)'는 그 당시에 원주민들이 거주하는 부락 (部落) 의 지명이었는데 그 위치는 오늘날의 타이난 (臺南) 안핑 (安平) 일대이다. 17세기 타이완 일부를 통치한 네덜란드인들은 1624 년에 타이난 (臺南) 에 성채를 쌓고 이 지역을 네덜란드어로 '台窩灣 (Tayouan)'으로 칭하였다. 후에 한족들이 '臺員(Tayouan)', '大灣 (Tavan)', '大員 (Tayouan)', 혹은 '台窩灣 (Tayouan)' 등으로 표기하였고 이 발음은 타이완어 (타이완에서 쓰는 방언) 발음과 비슷하였다. 위에서 언급한 바와 같이, 후에 명나라 때부터 '臺灣'을 '타이완'이라고 칭하기 시작하였다. 그러나 그때의 발음은 지금의 중국어와 차이가 있어서 '臺員 (Tayouan)'의 발음과 더 비슷했을 것으로 추측된다. 이후 청나라가 타이완을 통치했을 때부터는 오늘날까지 중국어로 '臺灣 (타이완)'이라 부르고 있다.

1.3 타이완 다문화의 유래

　　'타이완인은 착하다, 외국인들에게 친절하게 대한다, 자유롭다, 포용한다' 등의 표현은 외국 사람들이 말하는 타이완인들의 보편적인 이미지들이다. 타이완은 오랜 시간 동안 다른 나라와 외부세력에 의해 통치 당해 왔다. 그렇기 때문에 타이완은 자국 문화에 다른 문화가 섞이는 것이 익숙하며, 타국의 문화에 좀 더 관대하고 배타적이지 않은 것으로 보인다.

3　청나라 지치광 (季麒光) 의 "용주문고 (蓉州文稿)" 기록에 따르면 명나라 만력년 (萬曆年, 1573-1615) 간에 "옌스치 (顏思齊) 라는 해적이 이 지역을 점령하고 난 후에 비로서 타이완이라고 칭하였다. (海寇顏思齊踞有其地，始稱臺灣)"。(출처 : 자이현 쉐상향공소 (嘉義縣水上鄉公所) https://shueishang.cyhg.gov.tw/News_Content.aspx?n=AED88D8DDB3CD417&sms=6A8898109FBF-4DEC&s=28028023AE1F8D0D)

4　西拉雅 (Siraya) 족은 平埔族의 하나인데 주로 타이완의 남부지방에 거주하고 있다.

일제시대의 타이난 지방법원

　　타이완은 17 세기 중반부터 스페인 , 네덜란드 , 명나라 , 청나라 , 일본 등 외세와 외부인의 통치를 받아 왔다 . 국공 내전에서 공산당에 패배한 국민당의 장제스 (蔣介石) 는 본토에 있는 많은 중국인들과 함께 타이완으로 이주하여 왔고 , 그들이 타이완에 정착함에 따라 타이완 섬에는 다양한 민족이 함께 거주하게 되었다 . 이로써 타이완 섬에는 원래 타이완 섬에 거주하던 원주민을 비롯하여 푸지엔성 (福建省) 남쪽에서 온 민남인 (閩南人), 광동성 (廣東省) 에서 온 하카인 (客家人 , 객가인), 중국 각 성에서 온 외성인 (外省人) 등이 정착하게 된 것이다 . 후에 소개하겠지만 이들 민족은 처음부터 화목하게 지냈던 것은 아니었다 . 한국의 지역감정처럼 타이완에서도 각각의 민족들은 많은 갈등 , 싸움 , 충돌 등을 겪어 왔다 .

　　17 세기 중엽 스페인과 네덜란드는 각각 타이완의 북부와 남부 지방을 점령하여 통치하였다 . 스페인은 1626 년부터 1642 년까지 타이완의 북부 지역 , 즉 지금의 단수이 [5] (淡水) 와 지룽 (基隆) 일대를 점령하여 통치하였다 . 네덜

---

5 淡水는 중국어 발음으로 '단쉐이' 라고 불리지만 한국 언중들은 이미 '단수이' 라는 발음에 익숙하고 네이버 지식백과에도 '단수이' 로 등재되어 있기 때문에 '단수이' 로 표기하는 것이다 .

란드는 1624 년에 타이완의 남부지역 , 즉 지금의 타이난 안핑 (臺南安平) 에 위치한 '大員 (Tayouan)' 에 상륙하여 1662 년까지 타이완을 통치하였다 . 네덜란드는 타이난에 2 곳의 행정센터를 설치하였는데 , 그곳이 바로 현재 타이난의 관광 중심인 안핑구바오 (安平古堡) 와 츠칸러우 (赤崁樓) 이다 . 현재 관광객들이 가장 많이 방문하는 타이난시 안핑구바오는 1627 년에 네덜란드인이 만든 'Zeelandia(熱蘭遮城)' 라는 성루였다 . 당시 활발한 무역 왕래 과정에서 이 지역의 상업 거리가 형성되었다 . 오늘날 '타이완제일가 (臺灣第一街)' 라는 고적지는 당시 이 지역이 번성하였다는 사실을 잘 보여준다 .

스페인이 타이완을 처음 통치하기 이전인 1544 년에 포르투갈인들은 일본과 오키나와를 지나 해안을 따라 내려오다가 타이완 섬을 발견하였다 . 포르투갈인들은 타이완 연해변을 지나치면서 산맥이 끊어지지 않고 잇닿아 있으며 짙푸른 나무숲이 있는 것을 매우 아름답게 바라보았다 . 그리고 이 아름다운 섬을 'Iiha Formosa(福爾摩沙 , 포모사)'[6] 라고 감탄하며 불렀다 .

'Iiha Formosa' 는 포르투갈어로 아름다운 섬이라는 뜻이다 . 1554 년 포르투갈의 지도 작성자인 Lopo Homem(羅伯·歐蒙) 은 처음으로 세계지도에 'Iiha Formosa' 섬을 그려 넣었다 . 1598 년에 포르투갈인들은 최초로 타이완을 점령하려고 시도했지만 실패하였다 .

17 세기 중엽에는 스페인이 타이완 북쪽을 통치하게 되었고 네덜란드인은 주로 타이완 남쪽을 지배하고 있었다 . 그런데 1629 년에 주 타이완의 네덜란드 장관 Pieter Nuyts 은 스페인이 네덜란드와 중국의 무역에 방해될 뿐만 아니라 심지어 네덜란드의 이익을 빼앗는다는 이유로 스페인을 타이완에서 추방하려고 하였지만 실패하였다 . 이는 스페인과 네덜란드가 타이완에서 벌인 첫 번째 싸움이었다 . 그 후 1642 년 네덜란드가 스페인을 다시 공격하여 승리를 거머쥐었고 , 그렇게 타이완의 북부지방을 17 년 동안 다스리던 스페인의 타이완 지배도 끝이 났다 .

---

6 'Formosa' 라는 말은 중국어 음역으로 '福爾摩沙' 라고 번역하여 쓰이게 되었고 , 오늘날 타이완의 무선 방송국인 民視 (FTV) 이라는 이름 역시 'Formosa' 에서 유래하였다 .

타이난은 네덜란드인이 타이완에 상륙하여 처음으로 지배하였던 지역이기에 타이완의 역사는 타이난에서 시작되었다고 할 수 있다 .

1661 년에는 명나라 정성공 (鄭成功) 이 오늘날의 타이난 타이쟝 (台江 , 지금의 녹색 터널 근처) 에 상륙하여 네덜란드에 진격하였고 , 승리를 거두면서 1662 년 네덜란드인들을 타이완 땅에서 완전히 물러나게 하였다 . 그 후 타이완은 정성공의 정 씨 왕국이 되었다 .

그러나 1683 년 청나라가 타이완에 진격하면서 약 20 년간 이어진 정성공의 타이완 정 씨 왕국은 멸망하게 되었다 . 그렇게 청나라는 타이완을 점령하게 되고 , 타이완을 관리하면서 타이난부 (臺南府) 를 세우게 되는데 , 이는 당시 타이완의 수도가 타이난이었기 때문이다 . 그래서 타이난을 부성 (府城) 이라고 부르기도 한다 .

1858 년에 '천진조약 (天津條約)' 이 체결된 후 , 단수이는 국제 항구로 변모되어 독일 , 프랑스 , 일본 , 네덜란드 , 스페인 , 미국 등의 국가들이 이곳에 영사관을 설치하였다 . 특히 1868 년 영국은 청나라로부터 홍마오청 (紅毛城) 을 조차하여 영사관을 설치한 바 있다 . 단수이는 타이완의 톱스타 주걸륜 (周杰倫) 이 출연한 영화 '말할 수 없는 비밀 (不能說的・祕密)' 로 한국 젊은이들에게 가장 잘 알려진 타이완 관광지이기도 하다 .

1874 년에 타이완의 최남단에 위치한 핑동 (屏東) 에서 '무단사 (牡丹社) 사건' 이 발생하였다 . 이 사건은 일본이 타이완의 원주민인 바이완족 (排灣族) 과 처음으로 일으킨 무력분쟁이었다 . 이 분쟁

단수이 홍마오청

은 일본군의 패배로 끝났지만 만약 당시 타이완의 원주민이 일본을 이기지 못했다면 타이완의 역사는 다시 기술되었을 것이다 . ‘무단사 사건’이 종결된 후 청나라 정부에서는 선바오전 (沈葆楨 , 심보정) 을 흠차대사 (欽差大使) 로 임명하여 타이완에 파견하고 타이완을 관리하게 하면서 여러 건설을 추진하였다 . 이때부터 타이완은 본격적으로 발전하기 시작하였다 .[7]

1894 년 청일전쟁 (갑오전쟁) 에서 청나라가 일본에 패하면서 청은 타이완을 일본에 할양하게 되었고 , 1895 년부터 1945 년까지 50 년간 타이완은 일본의 통치를 받게 되었다 . 이런 역사적인 배경으로 타이완에는 일제시대에 지어진 건물들이 아직까지 많이 남아 있다 . 타이난의 경우에는 대표적인 건축물로는 1900 년에 지어진 타이난 역 , 1912 년에 건설된 지방법원 , 1913 년에 완공된 경찰서 , 1932 년에 올라선 Hayashi 백화점 (林百貨) 등이 있는데 , 이러한 건축물들은 지금도 당시의 모습을 그대로 유지하는 역사 고적이다 . 이와 같은 유적지를 보러 관광객들이 타이난을 즐겨 찾고 있어 타이난은 타이완에서도 매력적인 관광 장소가 되고 있다 .

이처럼 타이완은 다양한 역사적 배경으로 인해 다문화 국가가 되었다 . 원주민을 비롯하여 네덜란드 , 명나라 , 청나라 , 일본 , 중국 그리고 지금의 이주민 (移住民) 까지 타이완에는 다양한 출신의 족군들이 뒤섞여 있으며 , 그들의 문화가 어우러져 융합되었다 . 그렇기 때문에 오늘날에도 타이완은 외국 문화에 대해 개방적이며 포용적인 태도를 취한다 .

한국과 타이완은 모두 일본에 의해 식민통치를 받은 역사가 있다 . 그러나 한국인들은 왜 타이완인들이 여전히 일본에 대해 우호적인 감정을 품고 있는지 의아해한다 . 이 질문에 대해 명확한 답을 내리기는 어렵다 . 타이완에서도 일제 통치 시기 일본인을 미워하는 타이완 본성인들과 원주민들이 매우 많았

---

7 모단사 사건 이전에 타이완의 최남단 헝춘반도 (恆春半島) 로 1867 년 3 월에 로버호 사건 (羅妹號 , Rover) 이 발생했다 . 이는 미국 선원들이 원주민에게 살해 당한 역사적 사건이었고 타이완의 역사를 뒤흔든 사건이기도 했다 . 그 후에 1869 년에 ‘스카로 (斯卡羅 , Seqalu)’라는 원주민족은 미국과 “남갑지맹 (南岬之盟)”을 체결하였는데 이 조약은 타이완 원주민족이 최초로 서양 국가와 맺은 조약이다 . 로버호 사건에 관한 내용은 2021 년 8 월에 公視 (PTS) 방송국에서 방송하는 드라마 ‘스카로’를 통해 엿볼 수 있다 .

다 . 특히 일본인의 '원주민 정리 정책 (理蕃政策)'으로 인해 많은 원주민들은 살해나 박해를 당했다 . 그렇기 때문에 일본에 대해 여전히 나쁜 감정을 품고 있는 원주민들도 많다 .

앞에서 언급한 '무단사 (牡丹社) 사건' 외에 일제 통치 시기에 원주민이 일본에 박해를 당한 사건으로는 1896 년 화리엔 신청향 (花蓮新城鄉) 에서 벌어진 신청사건 (新城事件)[8] 과 1914 년에 화리엔 쇼린향 (花蓮秀林鄉) 에서 벌어진 타이루거 사건 (太魯閣之役)[9], 1915 년에 화리엔 쥐시향 (花蓮卓溪鄉) 에서 벌어진 따푼 (大分) 사건 , 1930 년에 난이토우 우서 (南投霧社) 에서 벌어진 우서사건 (霧社事件) 등이 있다 . 그중 잘 알려진 사건은 바로 우서 (霧社) 사건이다 . 당시 일본 군인들은 온 마을을 파괴하여 없애버리기 위해 , 마을에 사는 수많은 원주민 (賽德克 , Sediq) 들을 잔혹하게 살해하였다 . 이때 원주민들 중에서는 박해를 참다못해 자살을 택한 이들도 있었다 . 2011 년에 유명한 영화감독 웨드성 (魏德聖) 은 이 사건을 바탕으로 '賽德克·巴萊 (한국 개봉 제목 : < 워리어스 레인보우 : 항전의 시작 , Seediq Bale>)' 영화를 제작하였다 . 이 영화를 통해 당시 일본 군인들이 원주민들을 얼마나 참혹하게 대했는지 세상에 알려지게 되었다 .

1937 년에 중일전쟁 (中日戰爭) 이 발발한 뒤 일본은 타이완에서 '황민화 운동 (皇民化運動)'을 추진하였다 . 1945 년 일본은 2 차 세계대전에서 연합군에 패배하여 무조건적 투항을 선포하였고 , 타이완에 대한 통치권을 국민당 정부 , 즉 장제스에게 넘겨주게 되었다 .[10] 그러나 국민당의 통치를 받은 지

8 1896 년에 일본군은 원주민족의 금기를 심각하게 어겼고 쇼린서 (秀林社) 의 소녀 간음으로 인해 원주민들의 공분을 불러일으켰다 . 두 명의 지도자들은 장정 (壯丁) 20 명을 이끌고 1896 년 11 월 어느닐에 일본인에 기습을 가해 화리엔항 수비대 신청 (新城) 감시초소의 장교이하 13 명의 군인을 살해하였다 .(陳金田 1997 : 31)

9 1914 년 5 월 23 일에 사쿠마 (佐久間) 총독이 직접 지휘하여 타이루거족 (太魯閣族) 을 협공하였다 . 당시 타이야족계 (泰雅族系) 의 병력은 타이루거족 800 여 명 , 외타이루거족 약 1,000 명 , 바토란지역 약 250 명 , 총 2,000 명의 타이루거 전사들이 모였다 . 무장장비는 일본군에 크게 못 미쳤지만 3 개월간의 치열한 전투가 이루어졌다 . 원주민 전사들은 무기의 현격한 차이 , 자원의 부족 , 후속적인 지원이 없었기 때문에 결국 무기를 버리고 투항하게 되었다 .

10 薛化元（2019），〈1945 年日本投降後，蔣介石如何認知台灣歸屬問題？〉，《典藏台灣史（七）戰後台灣史》，玉山社

2 년이 안 된 1947 년에 타이완에서는 2.28 사건이 발생하였다 . 그때부터 외성인과 본성인의 대립이 시작되었는데 이것을 이른바 성적 (省籍) 문제라고 한다 . 이 문제는 점차 정치 문제로 비화되었고 , 지금까지도 타이완 사회에 영향을 미치고 있다 .

여기서 본성인이란 , 민남인과 하카인을 가리키는데 , 민남인은 주로 푸제인성 남부에서 초창기에 타이완으로 이주해 온 사람을 일컬으며 , 하카인들은 주로 광동성에서 온 사람들이다 . 외성인은 1949 년 전후에 장제스의 국민당 정권과 함께 중국에서 타이완으로 이주해 온 사람들을 일컫는다 . 이와 같이 타이완에는 다양한 민족이 융합하여 살고 있다 . 2021 년 3 월 타이완 내정부의 통계에 따르면 [11], 현재 민남인 , 하카인 , 외성인이 포함된 한족 (漢族) 은 타이완 총인구의 96.45% 를 차지하고 있다 . 16 개 부족으로 구성된 원주민이 약 57 만 6,792 명으로 타이완 총 인구의 2.45% 를 차지하고 , 나머지는 약 1.1% 는 중국에서 이주해 온 소수 민족 , 그리고 타이완인과 결혼한 외국인 배우자인 이주민으로 구성되어 있다 .

또한 타이완 내정부의 통계를 보면 1987 년 1 월부터 2021 년 6 월말까지 타이완인과 결혼한 외국인 이주민은 중국 , 홍콩 , 마카오인이 37 만 1,123 명으로 전체 65.25% 를 차지하며 가장 많았고 , 나머지 197,639 명 중 베트남인은 11 만 358 명으로 19.58% 를 차지해 2 위이며 , 인도네시아인은 3 만 983 명으로 전체에서 5.45% , 3 위이다 . 나머지 순으로 필리핀인이 1 만 478 명 , 태국인은 9,497 명 , 일본인은 5,609 명 , 캄보디아인은 4,346 명 , 한국인은 2,058 명이다 .

---

11 行政院國情介紹 https://www.ey.gov.tw/state/99B2E89521FC31E1/2820610c-e97f-4d33-aa1e-e7b15222e45a

2.28 국가기념관

1.4 2.28 사건

타이완과 한국의 민주화 과정은 상당히 유사한 점을 가지고 있다 . 이를테면 1947 년 타이완의 2.28 사건과 1948 년 제주 4.3 사건 , 그리고 1979 년 타이완의 미려도 (美麗島) 사건과 1980 년 광주 민주화운동은 흡사한 양상을 띠고 있다 . 이 사건들은 국가의 공권력에 의해 수많은 민간인이 비참하게 희생 당했다는 점 , 그리고 반세기가 넘도록 이 사건들에 대한 진상 규명이 제대로 이루어지지 않고 있다는 점도 닮아 있다 .

다만 제주 4.3 사건이 제주도 내에서만 벌어진 것과 달리 타이완 2.28 사건은 타이베이에서 시작되어 매우 짧은 시일 내에 타이완 전역에 확대되면서 많은 사람들의 분노를 일으켰다는 점에서는 차이가 있다 . 타이완 2.28 사건의 경과는 이러하다 .

1947 년 2 월 27 일 밀수 담배를 팔던 노파가 전매청 수사관에게 물건을 몰

수 당하는 과정에서 소란이 일어나게 되었고 이때 주변에 있던 시민들이 단속에 항의하는 과정에서 시민 한 명이 단속원에 의해 사살 당했다 . 이튿날인 2 월 28 일 민중들은 전매청 앞으로 몰려가 항의하고 시위를 하였으나 그들 역시 헌병대에 의해 총상을 입었다 . 타이베이에서 시작된 시위는 전국으로 확대되어 갔다 . 그러나 열흘 후인 3 월 초 , 국민당 군대는 시위하는 시민들을 더더욱 무자비하게 진압하였는데 이러한 과정에서 2 만여 명의 희생자가 발생하였다 .[12]

2.28 사건이 발생하기 전 타이완은 한국과 마찬가지로 일본에 의해 통치를 받았다 . 해방 후 , 장제스을 따라 중국에서 건너온 외성인들과 원래 타이완에 거주하던 본성인들이 서로 말이 통하지 않으면서 이로 인한 갈등이 빈번하게 일어났다 . 장제스가 인솔하던 국민당의 외성인 대부분은 중국 본토에서 권력을 가지고 있던 지배 계층이었고 , 이들은 타이완으로 건너와서도 혼란한 정국을 틈 타 기득권을 유지하기 위해 본성인들을 차별 대우하였다 . 당시 타이완은 부정부패와 물가폭등 등으로 수많은 사회문제가 야기되었다 .

이런 상황에서 본성인인 노파와 외성인인 전매청 직원의 갈등은 2.28 사건의 도화선이 되었다고 볼 수 있다 . 2.28 사건이 본성인과 외성인의 직접적인 갈등으로 일어났다고 할 수는 없겠지만 2.28 사건으로 인해 본성인과 외성인의 양자 대립이 심해진 것은 확실하다 . 그리고 2.28 직후인 1949 년 5 월 20 일부터 38 년간에 걸쳐 지속된 백색테러 (White Terror) 는 본성인과 외성인의 갈등과 대립을 좀처럼 좁힐 수 없을 정도로 심각했다 .[13]

1988 년 리덩훼 (李登輝) 정권이 출범한 후 1991 년 1 월에 행정원에서 ‘2.28 사건 TF 연구팀’이 구성되어 사건의 진상조사가 진행되었다 . 1992 년에 진상조사 끝에 나온 공식 보고서에는 당시 사망자가 본성인 700 ～ 800

---

12 1992 년 행정원에서 발표한 「228 사건연구보고서 (二二八事件研究報告)」에 의하면 희생자 수는 18,000-28,000 명으로 추정된다 .
13 1987 년 7 월 15 일에 계엄령이 해제되었으나 장 (蔣) 씨 정권은 여전히 타이완인의 사상이나 행동 등을 억압하고 있었다 . 따라서 정확하게 말하자면 백색테러는 1949 년 5 월 20 일부터 1991 년 6 월 3 일까지 , 총 42 년간 걸쳐 일어났다고 할 수 있다 .

명을 포함해 1 만 8 천 명에서 2 만 8 천 여 명에 달한다고 발표했다 . 1995 년 2 월 28 일에 228 기념탑이 준공되고 리덩휘 총통이 정부를 대표하여 과거 정권의 잘못에 대해 공식 사과를 발표하였으며 , 1997 년에 2.28 사건 50 주년을 맞이하여 매년 2 월 28 일을 국정 공휴일로 지정하였다 .

'228 사건 기념 기금회 (Memorial Foundation of 228)'의 통계에 의하면 2021 년 4 월 1 일까지 관련 법률에 따라 피해를 인정 받은 피해자 수는 모두 10,175 명이고 , 1 인당 타이완 돈으로 최고 600 만 NTD(한화기준 2 억 4 천만 원 안팎) 을 배상받았다고 한다 .[14]

타이완과 한국의 민주화 역사과정은 유사하지만 타이완은 일찍이 17 세기 중반부터 스페인 , 네덜란드 등 외부세력에 의해 지배 당하였고 , 일제 시대를 거쳐 국민당에 의해 통치를 받았던 20 세기까지 300 여 년이라는 긴 시간 동안 외부로부터 많은 영향을 받아 왔다 . 이는 타이완으로 하여금 외래문화를 수용하는 것을 익숙하게 만들어 다문화 사회를 만드는 데 용이하게 하였다 .

타이완과 한국의 민주화 역사 과정에 대해 정리 · 대조해 보면 다음과 같다 .[15]

---

14 228 사건기념기금회 홈페이지 . https://228.org.tw/pages.php?sn=14
15 228 사건기념기금회 (2020) , 1987 人民覺醒 : 韓國民主見證影像展 참조

타이완 · 한국 민주화 과정에 대한 비교

일제시대 50 년 끝나고 국민정부가 대만을 접수했다 .	**1945**	일제시대 35 년 끝나고 한반도 독립했다 .
2.28 사건 폭발 . 1.8 만 ~2.8 만 명 사망했다 . 후에 백색테러 시작되었다 .	**1947**	제주 4 · 3 발생 . 1947-1954 년 제주 4 · 3 사건 기간 약 3 만 명 사망 추정 .
뢰진 (雷震) 신당을 창당한 후 체포되었다 .	**1960**	4 · 19 혁명이 일어나 이승만 대통령이 하야했다 .
1 월에 차오토우 (橋頭) 사건 폭발했다 . 12 월 10 일 메리도우 (美麗島) 사건 발생했다 .	**1979**	부마항쟁 폭발 . 중안정보부장 김재규가 박정희를 총살했다 . 유신체제를 끝냈다 .
링이슝 (林義雄) 의 모친과 쌍둥이딸이 피해당해 사망했다 .	**1980**	광주민주화운동 발생 . 전두환 진압 지시로 사상자가 속출했다 .
2.28 평화일추진회를 발족했다 . 38 년 지속된 계엄이 7 월 15 일에 해제되었다 .	**1987**	이한열 사망 사고 . 6 월 항쟁 때문에 노태우는 《6 · 29 민주화선언》 을 발표했다 .
정난렁 (鄭南榕) 은 언론자유를 위해 분신해 숨졌다 .	**1989**	제주 4 · 3 추모제를 처음 개최했다 .
들백합 (野百合) 학생운동 폭발했다 .	**1990**	
행정원은 《228 사건 연구보고서》 를 발표했다 .	**1992**	한국은 중국과 수교를 맺고 , 대만과 단교했다 .
리등훼 (李登輝) 총통은 2.28 피해자에게 공식 사과했다 .	**1995**	한국 국회는 《5 · 18 민주화 운동 특별법》 《헌정질서 파괴 범죄의 공소시효 특별법》 을 통과시켰다 .
제 1 차 총통 직선 .	**1996**	전두환과 노태우는 기소되었다 .
타이베이 228 기념관 개관했다 .	**1997**	5 · 18 민주화 운동 기념으로 5 월 18 일은 법정 기념일이 되었다 .
대만에서 최초의 정당 교체였다 .	**2000**	남북 정상 첫 회동 후 《남북공동선언》 서명했다 .
《228 사건 책임귀속 연구보고서》 출판했다 .	**2006**	제주 4 · 3 60 주년 . 제주 4 · 3 평화기념관 개관했다 .
228 국가기념관 개관했다 .	**2011**	유네스코는 5 · 18 민주화운동의 유물을 세계기록유산으로 인정했다 .
해바라기 학생운동 (太陽花學運) 폭발했다 .	**2014**	제주 4 · 3 희생자를 추모하기 위해 4 월 3 일을 국가기념일로 지정하였다 .
《228 사건 진실과 이행기 정의 보고서》 출판했다 .	**2020**	광주 민주화 운도 40 주년 .

제 2 장

第二章

음식
食物與飲食

食物與飲食

　　小吃有別於正餐，始於早期農業時代，農活休息時吃的東西，因為分量不多，所以稱為小吃。臺灣為多元民族聚集之所在，所以小吃種類也很多。

　　小吃也出現在廟會，一邊參與廟會活動，一邊吃小吃，這是早期臺灣人的日常，至今中南部地區仍維持這樣的文化，這也是為什麼廟宇附近常會有美食小吃之故。很多廟會活動從白天延續到晚上，當小吃攤和童玩遊戲齊聚一起時，就是現在的夜市。

　　臺灣的飲食和文化有很深的關聯，例如水餃像元寶，所以過年吃水餃希望吉祥生財、端午節吃粽子紀念屈原、吃豬腳除厄運……，都是文化與飲食連結的例子。

　　臺灣的早餐樣式多元，蛋餅、豆漿、飯糰、燒餅油條、包子、饅頭……，都是受歡迎的早餐。因為早餐店非常方便，加上臺灣婦女很早就踏入社會，所以不在家裡煮早餐已成為習慣，這點令韓國女性羨慕。

　　臺灣的美食眾多，小籠包、牛肉麵、火鍋、雞排、珍珠奶茶、鳳梨酥、芒果冰……，身受韓國人的喜愛。

　　臺灣天氣溫暖，一年四季皆有水果的產出，故有「水果王國」之稱。在韓國吃不到的熱帶水果，如芒果、鳳梨、芭樂深受韓國人歡迎，其他較為陌生的，如蓮霧、荔枝、釋迦、楊桃、枇杷等，也漸漸引起韓國人的矚目。

음식

2.1 샤오츠 (小吃) 의 유래

　　타이완 음식은 가격이 저렴하고 다양한 것으로 알려져 있다 . 그렇기 때문에 샤오츠는 외국인 관광객들뿐만 아니라 타이완 현지인들에게도 인기 있는 음식이다 . 샤오츠를 한자로 풀어보면 작을 소 (小) 와 먹을 흘 (吃) 의 결합으로 양이 적고 가벼운 음식을 의미한다 . 샤오츠 (小吃) 는 타이완의 대표적인 음식문화이지만 그에 관한 공식적인 정의는 존재하지 않는다 . 하지만 샤오츠는 양은 많지 않지만 식사 대용으로 먹거나 간식이나 야식으로도 간단하게 먹을 수도 있는 음식이라고 정의 내릴 수 있다 .

타이완 샤오츠

타이완의 샤오츠가 어떻게 발전해 왔는지는 여러 주장들이 있지만 청나라 때 유래되었다는 설이 가장 보편적이다. 청나라 시기에 중국에서도 특히 푸지엔성 (福建省) 의 많은 한족들이 타이완으로 이주하여 왔다. 그들은 타이완에 정착하기 위하여 주로 농업이나 산림의 개간 사업에 치중하였는데 당시에 일은 고되었으나 일하는 근처에는 끼니를 해결할 수 있는 곳이 마땅히 없었다. 그러자 행상인들이 멜대를 어깨에 메고 논밭이나 산기슭을 직접 방문하여 그들에게 먹기 간편한 음식들을 판매하기 시작했는데 이것이 오늘날 타이완의 샤오츠로 발전하였다는 설이다.

2.1.1 절과 야시장 그리고 샤오츠

타이완의 절은 타이완인들의 삶 속에 깊숙이 자리 잡고 있다. 타이완의 절에서는 사시사철 다양한 행사나 축제가 열려 많은 사람들이 몰려들고 있다. 그렇기 때문에 타이완의 유명한 샤오츠 맛집도 절 근처에 자리 하고 있는 경우가 많다. 특히 절의 행사는 하루 종일 진행되는 경우가 많은데 이는 타이완의 야시장 문화가 발달하는 데도 큰 영향을 끼쳤다. 타이베이시의 절 근처 야시장으로는 송산 츠요우궁 [1] (松山慈祐宮) 근처의 라오허지에 야시장 (饒河街夜市), 샤하이 청황먀오 (霞海城隍廟) 근처의 닝샤 야시장 (寧夏夜市), 바오안궁 (保安宮) 근처의 따롱지에 야시장 (大龍街夜市), 용산사 (龍山寺) 근처의 화시지에 야시장 (華西街夜市), 광저우지에 야시장 (廣州街夜市), 우저우지에 야시장 (梧州街夜市), 시창지에 야시장 (西昌街夜市) 등이 대표적이다.

루강 톈허우궁

---

1 宮은 중국어 발음으로 '공' 이라고 불리지만 한국 언중들은 '궁' 이 라는 한자어에 익숙하기 때문에 '궁' 으로 표기하는 것이다.

위와 같이 관광객들이 끊임없이 방문하는 절 근처에는 맛있는 샤오츠 음식점들이 많다.

타이베이 외에 다른 도시에도 절 근처에는 샤오츠 맛집이 자리하고 있다. 대표적인 샤오츠로는 신주의 청황먀오 (新竹城隍廟) 에 있는 신주미펀 (米粉), 지롱 먀오커우 (基隆廟口) 에서 맛볼 수 있는 덴뿌라 (天婦羅 , 어묵튀김) 와 딩비엔춰 (鼎邊趖), 루강 티엔허우궁 (鹿港天后宮) 의 굴전 (蚵仔煎) 등이 있는데 , 이는 이미 관광객들에게 널리 알려져 있다.

남부 지방의 타이난시 (臺南市) 역시 샤오츠의 발전과 절 문화는 밀접한 관계가 있다. 타이난시는 타이완의 옛 도시 (古都) 로서 지금도 도시 곳곳에는 많은 역사 유적과 절들이 남아 있다. 이런 유서 깊은 절 옆에는 항상 맛있는 샤오츠 맛집들이 자리하고 있다. 가장 대표적으로는 민쭈루 (民族路) 에 위치한 우먀오 (武廟) 와 츠칸러우 (赤崁樓) 근처에 있는 미가오 (米糕 , 찹쌀밥) 와 굴전 (蚵仔煎) 을 손꼽을 수 있다. 또한 바오안제이 (保安街) 에 위치한 바오안궁 (保安宮) 의 푸쉐이위겅 (浮水魚羹) 과 , 궈사우이미엔 (鍋燒意麵) 등이 있고 , 민취엔루 (民權路) 에 있는 북극전 (北極殿) 의 취두부 (臭豆腐), 민성루 (民生路) 카이산궁 (開山宮) 의 산터우위미엔 (汕頭魚麵) 도 있다. 또 하이안루 (海安路) 와 민취엔루에 자리한 쉐이시엔궁 (水仙宮) 근처에도 유명한 샤오츠 맛집들이 많이 있다.

애초에는 행상들이 직접 멜대나 손수레에 음식들을 싣고 다니며 '샤오츠 팝니다' 라고 소리치며 사람들에게 음식을 팔았고 , 나중에는 노점

절과 샤오츠

(路邊攤 , 루비엔탄) 을 차려 판매하다가 규모가 커지면 시장의 음식점으로 발전하기도 하였다 . 가정집에서 샤오츠를 직접 만들어서 먹는 것이 번거롭기 때문에 사람들은 샤오츠 맛집을 찾아다니며 샤오츠를 맛보는 것이 보편적인 일이 되었고 , 이것이 대중화되면서 타이완 특유의 샤오츠 문화가 만들어졌다 .

2.1.2 지방마다 다양한 샤오츠

투튀위경

타이완의 샤오츠는 종류가 매우 다양한데 특히 지방에 따라 다양한 샤오츠가 존재한다 . 그중 대표적인 샤오츠로는 경 (羹) 이 있다 .[2] 경은 감자 전분에 물을 넣고 끓인 수프로 그 종류가 다양하다 . 오징어경 (花枝羹), 투튀위경 (土魠魚羹), 스무위경 (虱目魚羹), 치위경 (旗魚羹) 등 다양한 생선으로 조리한 위경 (魚羹) 과 고기로 만든 육경 (肉羹) 도 있다 . 경 (羹) 만 먹어도 맛있지만 양이 부족하다고 느껴지면 경안에 면 (麵) 이나 쌀국수 (米粉 , 미펀) 를 넣어 같이 먹어도 된다 .

타이완은 지방마다 특색 있는 샤오츠가 있으며 , 지역을 대표하는 샤오츠들은 그 지역을 방문하여야만 진정한 맛을 느낄 수 있다 . 예를 들어 , 장어 볶음면 (鱔魚意麵 , 산위이미엔) 과 궈사오이미엔 (鍋燒意麵) 은 타이난이나 가오슝 (高雄) 등 남부 지방에서만 먹을 수 있다 . 특히 타이난은 바다와 가까운 도시로 일찍부터 다양한 생선요리가 발달하였다 . 그중 투튀위 (土魠魚) 와 스무위 (虱目魚 , milk fish) 로 만든 경 (羹) 요리는 타이난의 특별한 샤오츠로 유명하다 .

---

2 타이완의 음식은 민남요리에 속하고 해산물 요리가 유명하며 많은 경요리가 있다고 하였다 . (閩菜「善治海鮮，每多羹湯」)(출처 : 【文化再造】奉北台灣基隆食物為王　遺落的遷移飲食美學 https://www.cw.com.tw/article/5100391)

이 밖에도 지파이 (雞排) 는 타이완 샤오츠의 최고봉으로 한국의 치킨과 비슷한 닭고기 요리이다 . 지파이는 학교 근처나 절 근처 또는 야시장 등 타이완 어느 곳에서나 손쉽게 맛볼 수 있으며 한국의 치맥처럼 지파이는 쩐주나이차 (珍珠奶茶 , 버블티) 와 함께 먹는 것이 궁합에 맞다 .

지파이

2.1.3 다양한 후식

후식은 식사 후에 먹는 것인데 주로 단 맛으로 만든 것이 많다 . 타이완에는 후식 종류가 매우 많은데 일일이 소개하기 어렵다 . 한국인에게 잘 알려진 쩐주나이차 등과 같은 각종 음료 외에도 빙수 (剉冰 , 촤빙), 설빙 , 더우화 (豆花), 땅콩 아이스크림 롤 (花生捲冰淇淋), 타피오카 펄 (粉圓 , tapioca pearl), 망고젤리 (芒果凍), 모찌 (麻糬), 에그타르트 (蛋塔) , 푸딩 (布丁), 헤이탕까오 (黑糖糕), 전통 카스테라 (古早味蛋糕), 펑리수 (鳳梨酥), 타이양빙 (太陽餅), 홍떠우빙 (紅豆餅), 니우가빙 (牛軋餅) 등의 디저트가 큰 인기를 얻고 있다 .

그중에 모찌 (麻糬) 는 한국의 떡과 비슷하다 . 헤이탕까오 (黑糖糕) 는 흑설탕으로 만든 떡으로 펑후 (澎湖) 에서 유래되었는데 전통 발효 떡의 하나로 유명하다 . 타이완이 광복되기 전 펑후 섬에 거주하던 오키나와 (琉球) 사람들이 만든 오키나와 떡이 지금의 헤이탕까오로 발전한 것이라고 전해지고 있다 . [3]

타이양빙

---

3 《歡迎觀光臨台灣韓語導覽》, 2019:201 참조

타이양빙 (太陽餅) 은 타이중 (臺中) 의 특산물 중 하나인데 속 재료를 주로 엿당으로 만들기 때문에 단맛이 진하다 . 따라서 보통 차와 같이 먹기도 한다 . 처룬빙 (車輪餅) 은 본래 '이마카와 야키' 라는 일본의 음식인데 붕어빵과 비슷하다 . 처음에는 속 재료가 주로 팥이

처룬빙

니까 홍떠우빙 (紅豆餅) 이라고 불렀다 . 홍떠우 (紅豆) 는 팥의 중국어 발음이다 . 나중에는 속 재료를 팥뿐만 아니라 크림과 토란을 넣기도 하고 , 무채 , 참치나 카레 등과 같은 짠맛의 속 재료도 넣었는데 그러면서 처룬빙이라고 부르는 사람이 많아졌다 .[4]

2.2 샤오츠와 문화

샤오츠는 나름대로 지방의 특색을 가지고 있어 음식 명칭 앞에 지방 이름이 항상 붙어 있다 . 타이난 딴즈미엔 (臺南擔仔麵), 장화 르오윈 (彰化肉圓), 완루안 족발 (萬巒豬腳), 신주 미펀 (新竹米粉) 등의 샤오츠 명칭에서 타이난 (臺南), 장화 (彰化), 완루안 (萬巒), 신주 (新竹) 는 도시나 지방의 이름이다 . 그러나 식당 간판에 붙어 있는 지명을 반드시 이 음식의 원조로 볼 수 없다 . 예를 들면 '杭州小籠湯包 (항저우 샤오롱탕바오)' 라는 간판을 보면 항저우 (杭州) 가 샤오롱바오 (小籠湯包) 의 원조라고 착각하기 쉽다 . 샤오롱바오는 상하이 (上海) 와 장쑤 (江蘇) 에서 시작되었고 항저우 (杭州) 가 원조가 아니다 .

문화를 담고 있고 민속적인 이야기를 가진 샤오츠도 많다 . 지면 관계상 유명한 몇 가지밖에 소개하지 못하여 만두 (餃子), 탕원 (湯圓), 쫑즈 (粽子), 룬빙 (潤餅), 쭈쟈오 (豬腳), 요우판 (油飯) 등만 소개하기로 한다 .

(1) 만두와 위엔바오 (元寶)

만두는 쉐이쟈오 (水餃) 와 위엔바오 (元寶) 라고 부르기도 한다 . 위엔바

4　《歡迎觀光臨台灣韓語導覽》, 2019:198 참조

오라는 말은 주로 중국에서 사용하는 용어인데 중국에서 쓰던 화폐의 하나로 '말굽은'이라는 뜻이다. 설날에는 떡과 만두를 먹는데 만두는 '말굽은(元寶)'을 의미하기 때문에 만두를 많이 먹으면 부(富)가 온다고 생각했다.

지엔쟈오

만두는 평상시에도 먹을 수 있다. 찐만두가 있고 군만두도 있는데 군만두의 경우 남부 지방에서는 만드는 방법이 다르다. 남부 지방에서는 만두를 먼저 찌고 프라이팬에다 기름을 바르고 만두를 익히는데 이것을 지엔쟈오(煎餃)라 한다. 북부 지방의 만두는 한국의 군만두와 비슷한데 궈티에(鍋貼)라고 한다. 남부 지방에서는 아침밥으로 지엔쟈오를 즐겨먹는 사람이 많다.

쉐이쟈오

궈티에

(2) 탕위엔(湯圓)과 대보름(元宵節, 위엔샤오절)[5]

대보름에는 탕위엔이나 위엔샤오(元宵)를 먹는 풍습이 있다. 대보름은 중국 말로 '元宵節(위엔샤오절)'이라고 하는데 중국에서는 위엔샤오를 만들어 먹는 풍습이 있다. 그런데 위엔샤오와 탕위엔은 다른 것이다. 먼저, 위엔샤오는 '상원절(上元節)의 밤'이라는 뜻으로 그날 달 구경을 하면서 위엔샤오를 먹는데, 이러한 풍습은 당나라 때부터 있었다. 그런가 하면 당나라 때 수도 장안성에서는 대보름에 탕완(湯丸)을 먹는 풍습이 있었다고 한다. 탕완은 찹쌀로 만든 탄환 모양인데 속에는

탕위엔

5 한국인들은 圓, 元, 原, 園 등 yuan 이라는 중국어를 '위안'이나 '위엔'으로 발음하는데 본 책에서는 '위엔'으로 표기하고자 한다.

아무것도 없으며 설탕과 함께 끓여 후식으로 먹었다. 송나라 때는 사람들이 탕완에 속을 채워 넣고 만들어 먹기 시작하였다. 이렇게 속을 넣고 만든 탕완은 탕위엔이 아닌 위엔샤오라고 한다.

위엔샤오

지금 타이완에서는 대보름에 탕위엔보다 위엔샤오를 먹는 사람들이 많다. 그런데 남부 지방에서는 위엔샤오보다 탕위엔을 먹는 것을 선호한다. 남부 지방에서 탕위엔은 대보름에만 먹는 것이 아니라 섣달그믐 밤에도 먹는다. 섣달그믐날 밤에 식구들이 둥근 테이블에 둘러

위엔샤오

앉아서 같이 탕위엔을 빚고 끓여 먹었다. 탕위엔을 먹으면 나이를 한 살 먹는다는 뜻도 있다. 가족들이 섣달그믐날 밤에 모여서 설날을 지낼 준비를 하면서 이야기를 나누는 풍습은 지금도 남아 있다.

(3) 쫑즈 (粽子) 와 단오절 그리고 취위엔 (屈原, 굴원)

쫑즈 (粽子) 는 단오절에 먹는 음식으로 로우쫑 (肉粽) 이라고 부르기도 한다. 원래 쫑즈는 중국 전국시대 초 (楚) 나라의 애국시인인 취위엔을 기리기 위해 먹었던 음식으로 알려져 있다. 당시 취위엔은 다른 신하들에게 모함을 당하여 돌을 품고 멱라강 (汨羅江) 에 투신하여 사망하였는데 그 시기가 바로 단오절이었다. 전설에 의하면 백성들은 물고기가 취위엔의 시신을 뜯어 먹을 것을 염려하여 쫑즈를 만들어 강에 뿌리고 물고기들에게 먹였다고 전해진다. 하지만 타이완 중정 대학교 양위쥔 (楊玉君) 교수 (2018) 의 주장에 의하면 단오절에 쫑즈를 먹는 문화와 취위엔의 전설은 별다른 관계가 없을 가능성이 있다고 한다. 취위엔은 전국시대 초나라 사람으로 그가 사망했을 시기는 대략 기원전 3 세기로 추정된다. 그러나 지금까지도 남아 있는 단오절의 문화, 즉 용선 (龍舟, 용머리로 장식한 경주용 배) 을 젓고 쫑즈를 만들어 먹는 문화는

중국 남북조 (南北朝) 시기인 기원후 5 ~ 6 세기부터 시작되었다는 기록이 존재한다 . 이 두 사건의 시간적 차이는 800 백 년에서 900 백 년에 달한다 . 따라서 단오절에 용선을 젓고 쫑즈를 먹는 문화와 취위엔을 기리기 위해 단오절에 쫑즈를 먹기 시작하였다는 설화 사이에 연관성이 있다고 말하기는 어렵다 .[6]

현대에 와서 쫑즈를 먹는 것에는 새로운 의미가 더해졌다 . 쫑즈를 싼다는 중국어 '包粽 (바오쫑)' 은 시험에 합격한다는 '包中 (바오쫑)' 과 발음이 유사하여 요즘에는 시험을 준비하는 친구 혹은 가족에게 쫑즈를 전해주는 새로운 문화가 생겼다 . 이는 한국에서 시험에 딱 붙으라고 수험생들에게 엿을 사주는 문화와 유사하다 .

타이완에서는 지역에 따라 쫑즈의 모양과 맛이 다양하며 크게는 남부식과 북부식 쫑즈로 나눌 수 있다 . 북부식은 찹쌀을 간장 등의 조미료로 볶은 후 질긴 대나무 잎에 싸서 찌는 반면 , 남부식은 찹쌀에 땅콩 , 표고버섯 , 달걀 노른자 등 여러 가지 속을 첨가한 후 대나무 잎에 싸서 통째로 물에 넣고

쫑즈

익힌다 . 북부의 쫑즈는 익은 찹쌀을 볶는 것이 특징으로 맛은 요우판과 비슷하다 . 이에 비해 남부의 쫑즈는 찹쌀을 대나무로 싸서 오래 찌기 때문에 대나무의 향이 강하게 느껴진다 .[7]

(4) 요우판 (油飯) 과 만월 (滿月)

위에서 북부의 쫑즈 맛이 요우판 비슷하다고 설명하였는데 요우판은 주로 출산과 같은 경사가 있을 때 친구나 가족에게 선물로 주는 대표적인 음식이다 . 특히 아들을 낳은 지 약 한 달 (滿月 , 만월) 이 되면 요우판을 포장하여 친

---

6   楊玉君 (2018.7.4) , 《「粽話」千年 : 粽子起源和屈原可能完全無關 ? 》 , 端傳媒。
    https://theinitium.com/article/20180704-notes-rice-dumpling/?utm_medium=copy
7   타이완 관광국 : https://www.taiwan.net.tw/m1.aspx?sNo=0020552

구나 가족들에게 선물로 나누어 주고 선물을 받은 친구나 가족들은 홍바오 (紅包 , 붉은 봉투에 축의금을 넣는 것) 로 답례를 하는 풍습이 있다 . 아들을 낳았을 때 요우판을 친구들에게 나누어 준다면 딸을 낳은 경우에는 보통 케이크를 친구들에게 나눠준다 . 과거에는 아기

요우판

가 태어난 지 100 일 이내에 사망하는 경우가 많았기 때문에 아기의 무병장수를 기원하기 위해 이러한 문화가 생겼는데 한국에서 백일이 된 아기의 장수와 복을 빌어주기 위해 가족이나 친구들에게 백일떡을 나누어 주는 문화와 유사하다 .

(5) 룬빙 (潤餅) 과 청명절 (清明節)

4 월 5 일은 청명절으로 타이완에서는 청명절에 성묘를 하고 룬빙을 만들어 먹는 문화가 있다 . 이는 한식절에서 전해 온 풍습이라고 전해진다 . 한식절에는 불을 켜서 음식을 조리할 수 없는 금기가 있어서 사람들은 밀가루로

룬빙

만든 얇은 피안에 미리 준비한 야채 , 고기 , 계란... 등 속을 싸서 먹기 시작했고 이것이 바로 룬빙의 유래이다 . 룬빙의 유래에 대해 좀 더 설명하자면 룬빙은 원래 한식에 먹는 음식이었는데 당나라 때 한식과 청명절이 합쳐져서 청명절만 지내게 되면서 청명절에 룬빙을 먹는 문화가 전해 내려오게 되었다 .

룬빙 역시 남부와 북부 지역의 조리법과 맛이 다르다 . 남부의 룬빙은 말린두부 , 계란 , 양배추 , 돼지고기 , 소시지 등을 잘게 썰어 만든 속을 룬빙 안에 넣은 후 설탕과 땅콩가루를 섞어 만든 가루를 뿌린 뒤 밀가루피에 싸서 먹는다 . 북부의 룬빙은 주로 위와 같은 속을 부치거나 볶아서 넣은 후 밀가루 피에 싸서 먹는다 .

많은 사람들이 룬빙과 춘권 (春捲) 을 자주 헷갈려 한다 . 두 음식의 가장 큰 차이는 춘권은 기름에 튀기는 것이고 룬빙은 튀기지 않는다는 것이다 . 이는 글자의 뜻에서도 엿볼 수 있는데 '룬 (潤)' 은 타이완어로 '부드럽다' 라는 뜻으로 식감이 부드러워서 룬빙이라고 부르는 것이다 . [8]

(6) 쭈쟈오 (豬腳) 와 액의 소멸

쭈쟈오는 보통 한국어로 '족발' 이라 번역된다 . 타이완의 쭈쟈오와 한국의 족발은 요리법이 유사하지만 먹는 방법이 다르다 . 우선 타이완의 쭈쟈오는 한국처럼 고기를 상추나 깻잎과 같은 채소에 싸서 먹는 요리가 아닌 하나의 반찬으로 보면 될 것 같다 . 가장 보

쭈쟈오

편적인 쭈쟈오 (滷豬腳) 의 요리법으로는 돼지의 발을 한약이나 향료에 조려서 먹는 것으로 보통 미엔시엔 (麵線 , 국수) 을 쭈쟈오 안에 넣어 같이 끓이면 쭈쟈오 미엔시엔 (豬腳麵線) 이라는 요리가 완성된다 .

타이완에서는 쭈쟈오와 관련된 몇 가지 재미있는 풍습이 있다 . 한국에서는 감옥에서 출소하는 사람에게 또다시 죄를 짓지 말라는 의미로 하얀 두부를 준다 . 그런데 타이완에서는 두부가 아닌 쭈쟈오 미엔시엔을 먹여준다 . 타이완에는 쭈쟈오 미엔시엔을 먹으면 액운이 사라질 것이라는 믿음이 있기 때문이다 .

쭈쟈오와 관련된 또 다른 유명한 민간 풍습으로는 윤달 (양력과 음력의 차이를 채우기 위해 생긴 개념으로 3 년 주기로 돌아온다) 에 관한 것이 있다 . 윤달에는 시집간 딸이 친정 부모님 특히 어머니께 쭈쟈오를 사드려야 한다 . 타이완어 속담 중에 삼년일윤, 호대조륜 (三年一閏 ，好歹照輪) 이라는 말이 있다 .

8 　EZ 叢書館 (2019:153)，《歡迎觀臨台灣韓語導覽》，日月文化出版

윤달이 3 년에 한번 돌아오듯이 좋고 나쁜 운도 3 년에 한 번씩 바뀔 것이라는 뜻이다 . 윤달이 돌아오는 달에는 액운이 낄 가능성이 많으니 부모님께서 윤달을 무사히 보내실 수 있도록 액운을 쫓아주는 쭈쟈오를 친정 부모님에게 대접해야 한다고 보았다 .[9]

그렇다면 왜 시집간 딸이 쭈쟈오를 꼭 친청 부모님께 대접해야 할까 ? 이에 대한 해답은 이렇게 볼 수 있다 . 과거에는 시집간 딸이 시부모님을 모시고 살았기 때문에 친정 부모님을 곁에서 돌봐 드리는 것이 쉽지 않았다 . 그렇기 때문에 3 년에 한 번씩이라도 친정 부모님의 건강을 돌보고자 한 것이다 . 자주는 못 하더라도 3 년에 한 번씩 돌아오는 윤달에 액운을 쫓을 수 있는 쭈쟈오나 쭈쟈오 미엔시엔을 대접해야 친정 부모님이 무병장수 할 수 있다고 믿었던 것이다 . 하지만 이러한 민간설화 내용들의 사실 여부를 확인하기 쉽지 않다 .

2.3 타이완 전통음식 명칭들의 유래

타이완 전통음식들의 이름은 어떻게 만들어진 것일까 ? 참고될 만한 자료가 많이 남아있지 않은 까닭에 그 유래를 고증하는 것이 쉽지 않다 . 이 책에서는 논문이나 혹은 잘 알려진 민간설화들을 참고하여 몇 가지 대표적인 음식 명칭의 유래를 파악하고자 한다 . 또한 타이완의 유명 음식 문화 작가인 차오밍종 (曹銘宗)(2018) 이 서술한 "타이완 음식 이름 탐구 (台灣食物名小考)" 에 나와 있는 자료들을 인용하고자 한다 . 여러 타이완 전통음식 중에서 아게이 (阿給), 쓰선탕 (四神湯), 오랜 (黑輪 , 어묵), 수와수와궈 (涮涮鍋), 스무위 (虱目魚), 쓰쟈 (釋迦) 등 몇 가지만 소개하고자 한다 .

(1) 일본어 아부라아게 (油揚げ : あぶらあげ , 유부 : 튀김) 에서 유래된 아게이 (阿給)

아게이 (阿給) 는 단수이 라오지에 (老街) 의 유명한 샤오츠이다 . 일제시기에 양정진문 (楊鄭錦文) 이라는 여사가 일본인들이 유부 (油豆腐) 에 음식을

---

9 친정 어머니에게만 쭈쟈오를 사 드리는 풍습도 있다 .

싸서 먹는 것에서 영감을 받아 아게이를 고안해
냈다.

아게이의 재료는 유부이며 이는 판두부 (板
豆腐) 를 튀겨서 만든 두부이다. 일본어로는 아부
라아게 (油揚げ : あぶらあげ) 라고 부르는데 '아
게'를 줄여 중국어로 음역하면 '阿給'가 된다.
'아부라'는 일본어로 기름을 뜻하고, '아게'
는 '튀기다'라는 뜻이다. 요리 방법은 유부의
가운데를 텅 비게 파내고 그 안에 볶은 당면을 넣
고, 다시 봉해서 찌거나 삶은 후에 소스를 뿌린
다.

아게이

(2) 쓰선탕 (四神湯) 과 한약의 사군자 (四君子)

쓰선탕 (四神湯) 은 타이완 어느 식당에서나 흔하게 볼 수 있는 음식이다.
하지만 쓰선 (四神) 의 한자 의미인 4 명의 신과 쓰선탕은 아무런 연관이 없다.
사실 이 요리의 뜻을 풀어내기 위해서는 타이완어를 이해해야 한다. 타이완어
의 '神'은 중국어 '臣'과 똑같은 발음인 'sîn'으로 원래는 '四神'을 '四
臣'으로 바꿔서 사용하여야 한다.

'四臣'의 의미를 이해하기 위해서는 한
약의 약재 중 사군자 (四君子) 와 사신 (四臣)
에 대한 지식이 필요하다. 사군자는 인삼 (人
參), 백출 (白朮), 복령 (茯苓), 감초 (甘草) 를
통칭하며, 사신 (四臣) 은 회산 (淮山), 검실 (芡
實), 연자 (蓮子), 복령 (茯苓) 으로 사군자와
사신의 한약재들은 모두 비장을 보호하며 장과
위를 건강하게 만든다고 알려져 있다 (補益脾

쓰선탕

陰，厚實腸胃). 그렇기 때문에 쓰선탕은 타이완의 보양식품으로 유명하다 .

(3) 오랜 (黑輪おでん : oden) 과 관동주 (關東煮かんとだき : kan-todaki)

오랜

일본요리 오뎅은 오늘날 한국에서 어묵으로 바꾸어 부르지만 타이완에서는 오뎅과 비슷한 발음인 오랜 (黑輪) 으로 부른다 . 예전에는 오뎅을 먹기 위해서는 타이완의 야시장을 방문하여야 했지만 지금은 타이완의 편의점에서도 보편적으로 맛볼 수 있는 음식이 되었다 . 오랜 이라는 말은 일본어인 오뎅 (御田おでん) 을 타이완어로 음역한 발음이다 . 차오밍종 (曹銘宗)(2018) 에 의하면 오뎅과 관동주 (關東煮) 는 같은 음식이지만 일본의 관동 (關東) 지방에서는 오뎅 (かんと) 이라고 부르며 관서 (關西かんさい) 지방에서는 관동주 (關東煮かんとだき) 라고 부른다고 한다 . 따뜻하게 먹어야 제 맛인 오랜은 날씨가 추워지면 절로 생각나는데 , 때문에 오랜은 겨울이 기다려지는 또 다른 이유다 .

(4) 샤부샤부 (しゃぶしゃぶ) 와 수와수와궈 (涮涮鍋)

수와수와궈

한국인 남녀노소가 가장 좋아하는 음식이 삼겹살이라면 타이완의 국민음식은 바로 샤부샤부이다 . 그런데 타이완에서는 샤부샤부를 수와수와궈 (涮涮鍋) 라고 부르는데 왜 샤부샤부를 수와수와궈 (涮

涮鍋) 라고 부르는지 궁금해하는 한국인들이 많다 . 샤부샤부 (しゃぶしゃぶ) 는 1952 년에 오사카에 위치한 유명한 훠궈 식당의 이름으로 그 당시 큰 인기에 힘입어 1955 년에 상표를 등록하였다 . 수와수와궈는 중국어와 일본어를 음역과 의역으로 섞어 만든 말이라고 할 수 있다 . 수와 (涮) 라는 글자는 일찍이 중국 북경의 유명한 양고기 요리인 수와양로우 (涮羊肉) 에서 차용되었다는 추측이 있다 .[10] 좀 더 자세하게 설명하자면 '涮 (수와)'는 '흔들어 씻다'는 의태어로 얇게 썬 양고기를 끓는 물에 데친 후 , 조미료를 찍어서 먹는 요리인 수와양로우의 먹는 방법과 비슷해서 타이완에서는 샤부샤부를 수와수와궈라고 부르게 된 것이 아닐까 추측해 본다 .

(5) 스무위 (虱目魚 , milk fish) 와 샅맡히 (sat-mat-hi)

스무위 (虱目魚) 는 타이완 역사상 가장 오래된 양식어종 (養殖漁業) 으로 17 세기 네덜란드인이 타이난시를 통치할 당시부터 이미 존재하였다 . 청나라 시기의 고문서에도 스무 (虱目) 라는 단어가 기록되어 있다 .[11] 그렇다면 스무위라는 이름은 어디서 유래된 것일까 ? 이에 관한 여러 가지 설들이 있지만 그 사실 여부를 입증하기가 쉽지 않다 . 먼저 타이완어와 관련된 유래를 살펴보면 스무 (虱目) 는 타이완어로 샅맡 (sat-mat) 이라고 부른다 . 타이완어인 '샅 (虱)'과 이 (蝨) 를 뜻하는 타이완어인 '샅 (蝨)'의 발음이 유사한데 , 이 (蝨) 는 스무위 치어의 눈알이 투명하고 까만 것이 마치 이 (蝨) 와 같아 보여 스무위라고 부르게 되었다는 설이다 .[12]

타이완의 민간에 전해 오는 또 다른 재미있는 민간 설화에 따르면 스무위 이름은 명나라 사람인 정성공 (鄭成功) 과 관련이 있다고 한다 . 정성공이 타이난에서 네덜란드인들을 물리치자 백성들은 그 승리를 축하하기 위해 이 생선을 정성공에게 선물로 바쳤다 . 그는 이 생선이 무슨 생선인지 알고 싶어 백성들에게 "이 생선은 무슨 생선이냐고 (什麼魚)"라고 물었다 . 후대 사람들

10 曹銘宗 (2018:60-61) ，《台灣食物名小考》，城邦
11 曹銘宗 (2018:217) ，《台灣食物名小考》，城邦
12 이 (蝨) 는 사람이나 짐승의 몸에 기생하는 곤충이다 .

의 추측으로는 정성공은 푸지엔성 취안저우 (福建省泉州) 사람이라 아마 그는 푸제인성의 방언인 민남어를 사용하여 백성들에게 말을 건넸을 것으로 본다 . 민남어의 "무슨 생선이냐 (什麼魚)"는 "샨머히" 혹은 "샨미히"로 오늘날 산맏히 (虱目魚 : sat-mat-hi) 의 발음과 큰 차이가 없는데 ,

스무위탕

이에 스무위의 이름은 정성공과 백성들의 대화 과정에서 유래되지 않았을까 추측된다 .

　한편 , 타이완의 음식문화 작가인 차오밍종 (曹銘宗)(2018) 은 산맏히 (虱目魚) 라는 발음은 필리핀어인 'Sabalo'에서 차용되었을 가능성이 높다고 주장하였다 . 'Sabalo'는 '산맏히'보다 크지만 유사한 모양을 갖춘 어종이다 . 청나라 시기에는 푸제인성에서 많은 사람들이 타이완과 필리핀으로 이주하였고 두 지역에 오고 가던 푸제인성 사람들 사이에는 활발한 교류가 있었다고 했다 . 당시 필리핀인들이 가장 즐겨 먹고 양식까지 한 어종은 'Sabalo'인데 타이완에서 이와 유사한 어종을 발견한 당시의 푸제인성 사람들 역시 이 어종을 'Sabalo'로 불렀다는 설이 있다 . 하지만 이 또한 검증되지 않은 하나의 설화에 그친다 .

　또 다른 산맏히라는 단어의 유래는 산막히의 영어 번역과 관련이 있다 . 산맏히는 영어로 'milk fish'라고 부르는데 이는 과거 산맏히를 구웠을 때 우유와 같은 즙이 나왔기 때문에 붙여진 명칭이라고 한다 .

　이처럼 스무위 (虱目魚) 라는 이름의 유래는 분명하지 않지만 스무위로 만든 요리들은 다양하며 맛 역시 뛰어나다 . 대표적인 요리들로 스무위죽 (虱目魚粥), 스무위경 (虱目魚羹), 스무위피탕 (虱目魚皮湯), 스무위뚜 (虱目魚肚) 스무위창 (虱目魚腸) 등이 있으며 , 스무위는 부치거나 쪄서 먹어도 아주 맛있다 .

(6) 쓰쟈 (釋迦 , 석가)

쓰쟈 (釋迦) 는 겨울과 봄쯤에 생산되는 과일인데 그 이름은 겉모습이 꼭 석가불의 머리처럼 생겼다 해서 붙여진 이름이다 .

2.4 다양한 아침 식당

경제가 발전하고 산업이 크게 성장하는 공업시대가 되면서 타이완 여성들도 공장으로 일을 하러 나가게 되었다 . 집에서 아침을 만들어 먹기 어려워지면서 바깥에서 아침을 사 먹는 문화가 형성되기 시작했는데 , 타이완은 다민족 나라라 그런지 아침 식사 종류도 다양하게 발전하였다 .

2.4.1 흰죽과 고구마죽

타이완 역시 1950 년대 이전에는 한국과 같이 보통 집에서 아침식사를 해결하였다 . 당시 대부분의 타이완 사람들은 농업에 종사하고 있었기 때문에 든든하게 아침식사를 잘 챙겨 먹어야 농사일을 할 때 힘을 쓸 수 있다고 생각했다 . 이때 아침에 가장 부담 없이 먹을 수 있는 한 끼로 죽을

죽

가장 선호했는데 , 죽은 묽어서 소화가 잘 되기 때문에 어른과 아이 모두에게 사랑 받았다 . 타이완에서 죽은 아플 때뿐만 아니라 아침식사로 먹는 것은 물론 심지어 야식으로도 즐겨 먹는다 .

타이완에서 가장 많이 먹는 죽은 흰죽이다 . 과거 경제적으로 어려웠던 시절에는 쌀값이 비싸 쌀을 살 형편이 안 되는 가구는 감자와 죽을 함께 삶아서 감자죽을 만들어 먹었다 . 이때 죽과 가장 궁합이 잘 맞는 반찬은 장아찌 (醬菜) 혹은 다른 짭짤한 반찬들로 이것을 죽과 함께 곁들어서 먹었다 . 이후 감자가 건강에 좋다는 이야기가 나오면서 오늘날에는 감자죽이 많은 사람들에게 사랑

받는 죽 요리가 되었다. 타이베이시 푸싱난로 (復興南路) 에는 전문적으로 죽을 판매하는 식당들이 많아 시판지에 (稀飯街 , 죽의 거리) 로 불린다. 이곳의 죽 전문점들은 보통 저녁식사 시간에 영업을 하며 , 저녁에 이 거리 곳곳에서는 칭저우샤오차이 (清粥小菜 , 흰죽과 반찬) 이라는 간판을 단 식당들이 불이 켜져 있는 것을 볼 수 있다. [13]

2.4.2 아침 외식 문화의 시작

　　앞에서 언급한 바와 같이 , 타이완의 산업화가 본격적으로 시작되는 1950 년대 이후부터 타이완의 여성들도 점차 공장으로 일을 하러 나가게 되었다. 이런 분위기 속에서 타이완의 맞벌이 문화가 형성되었다. 부부 모두 바깥으로 일을 하러 나가야 하기 때문에 집에서 아침식사를 준비하기보다는 바깥에서 간단하게 아침을 해결하는 문화가 만들어지기 시작하였고 이때부터 타이완의 아침식사 식당 (早餐店 , 자오찬디엔) 들이 발전했다.

사오빙과 요우티아오

1949 년 국공 내전에서 패배한 국민당의 장제스를 따라 타이완으로 이주해 온 외성인들은 또우장 (豆漿 , 두유) 을 판매하기 시작하였다. 1950 년대 아침식사 영업을 하는 식당들은 주로 고기죽 (肉粥) 이나 생선탕 (魚湯 , 위탕) 을 판매하였다. 1999 년에 신베이시 용허 (永和) 에서는 또우장대왕 (豆漿大王) 이 개업하여 큰 인기를 모았다. 이런 아침 식당에서는 또우장뿐만 아니라 만터우 (饅頭 , 찐빵) 나 사오빙 (燒餅)[14], 요우티아오 (油條) 도 함께 판매하였다. 그때부터 타이완 사람들은 아침식사로 또우장에 만터우나 사오빙 , 요우티아오를 곁들여 먹기 시작하였다.

---

13 지난 몇 년동안 불경기 영향으로 문을 닫은 가게가 많았다. 지금 이 거리는 죽의 거리라고 하기 어렵다.
14 한국 언중들이 燒餅을 샤오빙이라고 부르는데 중국어 발음으로는 사오빙이라고 표기하는 것이 더 정확하다.

1979 년에 미군이 타이완을 떠난 이후 샌드위치는 타이완의 아침식사로 자리 잡기 시작하였다 . 타이완의 유명한 프랜차이즈 전문점인 메이얼메이 (美而美) 역시 이런 아침식사 문화를 만들어 내는 데 일조하였다 . 당시 즈여우스바우 (自由時報)(2018.6.22) 에 실린 음식 평

메이얼메이

론가 덩스웨에 (鄧士瑋) 의 메이얼메이 인터뷰 기사는 이런 사실을 잘 보여준다 . 남아 (南亞) 그룹 소속인 남아플라스틱 (南亞塑膠) 회사의 회사원이었던 린쿤옌 (林坤炎) 은 아침마다 푸드트럭에서 샌드위치를 판매하였다 . 당시 또우장 , 사오빙 , 요우티아오로 아침을 해결하였던 타이완 사람들은 저렴한 가격과 당시로서는 드물었던 서양 음식인 샌드위치에 호기심을 보였고 , 샌드위치는 곧 타이완의 아침식사로 큰 인기를 얻게 되었다 . 얼마 후 린쿤옌 (林坤炎) 은 정식으로 아침 식당을 개업하게 되었고 그 식당의 이름이 바로 메이얼메이 (美而美) 이다 . 후에 타이완에는 메이얼메이와 같은 아침식사 전문점이 많이 생겼는데 사람들은 보통 이런 식당들을 '메이얼메이' 라고 통칭하였다 .[15]

타이완의 아침 거리에서는 아침식사용으로 샌드위치와 또우장 , 딴빙과 판퇀 (飯糰 , 주먹밥) 을 판매하는 푸드트럭을 쉽게 발견할 수 있다 . 이런 푸드트럭들은 아침뿐만 아니라 오후 , 저녁시간까지 영업을 하기도 하며 , 시장이나 학교 , 회사 근처에서 쉽게 찾아볼 수 있다 . 이것은 역시 샤오츠에서 발달한 타이완만의 독특한 음식 문화이다 .

이와 같이 타이완의 아침식사는 타이완의 생활환경 변화와 문화적인 특성에서 함께 발전했다는 사실을 알 수 있다 .

---

15 黃敬翔 (2017.08.30)，美而美的商標戰！奇怪捏！為什麼早餐店都要叫「美而美」？，食力 food-NEXT。https://www.foodnext.net/news/industry/paper/4975386430

2.5 식당의 오후 휴식시간

타이완은 무더운 날씨 때문에 과거에는 학교에서도 공식적인 낮잠 시간이 있었다. 대학교에서는 12시부터 14시까지 공식적인 점심 식사와 낮잠 시간이 있었기 때문에 수업은 보통 오후 2시 이후에 배정되었다. 식당들 역시 무더운 날씨를 피하기 위하여 점심 영업이 끝난 후에는 휴식시간을 갖는 것이 보편적이었다. 그렇기 때문에 타이완에서 생활하는 한국인들 중에서 오후 2시 이후에 문 연 식당을 찾기 어렵다는 불편을 호소한 사람도 있었다. 하지만

식당의 오후 휴식시간

이후 생활 스타일의 변화와 에어컨 등의 과학기술 발달로 인해 오늘날 타이완 학교의 점심 식사시간은 2시간에서 1시간으로 줄어들었으며, 대학에서도 오후 1시부터 오후 수업이 시작된다. 또한 24시간 영업을 하는 편의점들이 증가하면서 오후에 영업을 하는 식당들도 점차 늘어나고 있는 추세이다.

2.6 한국인이 기피하는 대표적인 타이완 음식

한국인이 기피하는 타이완 음식을 말할 때 항상 취두부와 샹차이(香菜, 고수)를 포함한 각종 향신료 음식들이 빠지지 않는다. 반면 외국인이 기피하는 대표적인 타이완 음식으로는 야쉐(鴨血, 오리의 피로 만든 선지)와 주쉐가오(豬血糕, 돼지 선지와 쌀로 만든 떡과 유사한 음식)가 있는데, 이 음식들은 반대로 한국 사람들에게는 환영받는 음식이다.

야쉐

초우도우푸(臭豆腐, 취두부)는 두부를 발효시켜 만드는 음식으로, 발효시

킨 두부를 기름에 튀기거나 삶아서 소스를 뿌려먹는 음식이다 . 초우도우푸는 발효음식이기에 특유의 강한 냄새가 있으며 이 냄새는 세계 3 대 악취로도 유명하다 . 특유의 향 때문에 기피하는 사람들도 많지만 두부를 한입 베어 물면 고소한 향을 느낄 수 있어 초우도우푸를 애호하는 사람들도 상당하며 , 이들은 초우도우푸 맛집을 찾아가서 긴 줄을 서는 것도 마다하지 않는다 . 최근에는 튀긴 초우도우푸뿐만 아니라 두부를 찌거나 두부에 매운 마라 (麻辣) 향을 첨가하여 먹기도 한다 . 초우도우푸는 수많은 마니아층들을 보유한 타이완의 대표 음식이라고 할 수 있다 .

이외에 쿠과 (苦瓜 , 여주), 피단 (皮蛋)[16] 도 외국인들이 받아들이기 어려운 음식이다 . 이들 음식은 타이완사람 중에도 먹지 않는 사람들이 많다 .

주쉐가오

초우도우푸

쿠과

피단

2.7 한국인이 좋아하는 대표적인 타이완 음식

한국 사람들이 좋아하는 타이완 음식은 개인의 취향에 따라 다르겠지만 대체로 샤오롱바오 (小籠包), 니우로우미엔 (牛肉麵 , 우육면), 훠궈 (火鍋), 지파

---

16 피단 (皮蛋) 은 계란에 물 , 석회 , 진흙 , 소금 , 쌀겨 등을 섞은 뒤 두 달 이상 삭혀 만든 것이다 . 시간이 지나면 노른자 부위는 까맣게 변하고 흰자 부위는 투명한 갈색이 된다 .

이 (雞排) 등이 가장 인기가 많고 , 이외에 쩐주나이차 (珍珠奶茶 , 버블티), 펑리수 (鳳梨酥), 망고 빙수 (芒果冰), 누가 크래커 (牛軋糖餅乾) 등의 후식도 한국 사람들에게 큰 사랑을 받고 있다 .

샤오롱바오

(1) 샤오롱바오 (小籠包)

샤오롱바오 (小籠包) 는 다진 고기를 소맥분의 껍질로 싸서 찜통에 찐 일종의 딤섬 (Dimsom, 點心) 으로 중국 , 타이완 , 홍콩 등 중화권 전역과 전 세계의 중국요리 식당에서 먹을 수 있는 대표적인 중국식 만두 요리이다 . 현재 타이완에서 가장 유명한 샤오롱바오 식당은 딘타이펑 (鼎泰豐) 을 꼽을 수 있는데 , 딘타이펑은 한국인뿐만 아니라 외국 사람들에게도 유명하다 . 한국에도 딘타이펑 분점이 있지만 타이완의 딘타이펑과 맛에서 많은 차이가 난다는 것이 일반적인 사람들의 평이다 . 하지만 타이완에는 딘타이펑 외에도 외국인들에게는 많이 알려지지 않은 로컬 샤오롱바오 식당들이 있기 때문에 딘타이펑의 긴 대기 시간이 부담스러운 사람들은 타이완의 로컬 샤오롱바오 식당을 찾아다니는 것도 타이완 여행의 새로운 묘미가 될 것이다 .

니우로우미엔

(2) 니우로우미엔 (牛肉麵 , 우육면)

오랜 시간 동안 진하게 우려낸 소고기 육수에 탱탱한 면을 넣고 마지막에 소고기 고명과 파를 올리면 맛있는 니우로우미엔이 완성된다 . 니우로우미엔은 타이완의 대표 면 요리로 한국인들에게도 환영받는 대표적인 타이완 음식이다 .

(3) 니우로우탕 (牛肉湯 , 소고기탕)

이미 많은 한국인들에게 타이완의 대표 면 요리인 니우로우미엔은 많이 알려져 있다 . 그러나 타이난 사람인 필자는 한국 사람들에게는 그다지 알려지지 않은 타이난의 명물인 니우로우탕 (牛肉湯) 을 추천하고 싶다 . 현지인들의 아침 식사로 각광받는 니우로우탕은 맑은 국

니우로우탕

물에 생강과 신선한 소고기를 넣고 끓인 탕 요리로 맛과 영양을 모두 사로잡은 타이난의 대표 요리이다 . 니우로우탕은 타이난에서만 맛볼 수 있다 .

(4) 훠궈 (火鍋)

훠궈 (火鍋) 는 진하게 우려낸 육수에 얇게 썬 고기를 살짝 데쳐 먹는 샤부샤부 요리이다 . 보통 소고기를 많이 먹지만 돼지고기와 양고기를 데쳐 먹기도 하며 고기 대신에 여러 가지 생선 , 새우 등의 해산물을 육수에 데쳐 먹기도 한다 . 고기나 해산물을 먹지 못하는 채식주의자들은 훠궈 육수 안에 다양한 채소를 데쳐 먹을 수 있기 때문에 훠궈는 남녀노소 누구나 좋아하는 대표적인 타이완 음식이다 . 육수는 훠궈 전문점들의 승패를 가르는 가장 중요한 요소이다 . 닭고기로 우려낸 육수에서부터 한약 맛이 느껴지는 육수 , 토마토로 우려낸 육수 그리고 매운 요리를 즐기는 사람들을 위한 마라

훠궈

(麻辣) 육수까지 각자의 취향에 따라 다양한 육수를 맛볼 수 있다 . 이러한 훠궈
는 타이완의 국민 요리를 뛰어넘어 지금은 한국인들의 입맛까지 사로잡았다 .

(5) 시엔수지 / 옌수지 (鹹 / 塩酥雞)

시엔수지

닭고기와 각종 채소들을 튀겨 그 위
에 마늘이나 양념을 끼얹어 먹는 타이완
의 대표 튀김 요리인 시엔수지는 옌수지
라고 부르기도 한다 . 주로 길거리 노점
상에서 판매하는데 갓 튀겨낸 시엔쑤지
를 이쑤시개로 찍어서 맥주와 함께 먹으
면 세상 남부러울 것이 없다 .

(6) 지파이 (雞排)

지파이

닭 가슴살의 부위를 얇게 펴서 튀긴
지파이는 타이완의 대표적인 길거리 음
식으로 타이완 치킨이라고도 불린다 . 보
통은 시엔수지를 파는 노점에서 지파이
를 함께 판매한다 . 한국 사람들이 치킨
을 먹을 때 맥주를 빼놓지 않듯이 타이
완 사람들은 지파이를 먹을 때 쩐주나이
차 (珍珠奶茶) 를 항상 함께 먹는다 . 지
파이와 쩐주나이차는 한 끼 식사 대용으
로 충분하며 타이완 사람뿐만 아니라 타
이완을 찾는 많은 관광객들에게도 사랑
받는 음식이다 .

(7) 쩐주나이차 (珍珠奶茶, 버블티)& 쩐주시엔나이차 (珍珠鮮奶茶)

한동안 한국에서 붐을 일으켰던 '공차 (貢茶)'는 타이완의 버블티 전문점이다. 버블은 중국어로 쩐주 (珍珠) 라고 부르며 타피오카 가루가 주원료로 매우 쫄깃한 식감을 자랑한다. 나이차 (奶茶) 는 밀크티로 나이차 안에 쩐주를 넣어 함께 저어 먹으면 바로 쩐주나이차가 완성된다. 타이완의 버블티는 음료 사이즈뿐만 아니라 설탕의 양과 당도 및 얼음의 양도 소비자 기호에 맞게 선택하여 먹을 수 있다.

쩐주나이차

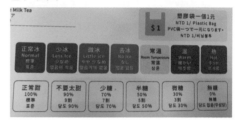

음료 삥두 (冰度) 와 톈두 (甜度) 선택

대부분 음료의 사이즈는 M 사이즈인 쫑베이 (中杯) 와 L 사이즈인 따베이 (大杯) 로 나누어진다. 얼음의 양은 중국어로 삥두 (冰度) 라고 부르며 크게는 얼음을 넣지 않은 시원한 음료인 취삥 (去冰), 70% 얼음을 함유한 사오삥 (少冰), 그리고 100% 얼음을 함유한 쩡창삥 (正常冰) 등 3 가지로 구분한다. 이 밖에도 30% 얼음을 함유한 웨이삥 (微冰) 을 주문하는 고객들도 있다.

당도는 중국어로 톈두 (甜度) 라고 부르며 얼음양을 정하는 것과 같이 4 단계로 조절이 가능하다. 설탕을 넣지 않은 우탕 (無糖), 설탕을 30% 함유한 웨이탕 (微糖), 설탕 50% 함유한 빤탕 (半糖), 설탕을 70% 함유한 사오탕 (少糖) 그리고 실탕 100% 함유한 쩡창 (正常) 이 있다.

고객은 음료를 주문할 때 자기가 원하는 음료 사이즈, 삥두 (冰度) 그리고 톈두 (甜度) 를 선택한 후 돈을 지불하면 음료 가게 식원으로부터 번호표를 받는다. 그리고 순서에 따라 자신의 번호가 호출되면 가게 식원으로부터 주문한 음료를 받을 수 있다.

홍차와 프림을 섞어서 만든 쩐주나이차보다 좀 더 건강한 음료를 원하는 손님은 쩐주시엔나이차를 주문하면 된다. 쩐주시엔나이차는 프림을 대신하여 생우유를 넣어 만들기 때문에 칼로리가 낮아 다이어트를 하거나 건강한 나이차를 먹고자 하는 사람들에게 인기가 많다.

(8) 루로우판 (滷肉飯)

신선한 돼지고기로 만든 소스를 갓 지어낸 쌀밥에 얹어서 먹는 덮밥 형식의 음식인 루로우판(滷肉飯)은 북부 지역에서는 루로우판으로, 남부 지역에서는 로우자오판(肉燥飯)으로 부른다. 짭짤한 맛과 향긋한 냄새 그리고 약간의 점성을 가진 이 음식은 타이완의 대표적인 요

루로우판

리이며 타이완 사람들은 루로우판을 먹을 때 보통 쓰무위피탕 (虱目魚皮湯)을 곁들여 먹는다.

(9) 펑리수 (鳳梨酥)

펑리수는 파인애플, 밀가루, 계란 등을 원료로 한 타이완식의 구운 파인애플 케이크로 타이완의 대표적인 후식이다.

펑리수

(10) 망고빙수 (芒果冰) 와 누가크래커 (牛軋糖餅乾)

얼린 망고를 곱게 갈아 그 위에 달콤한 생망고, 망고 아이스크림, 망고 푸딩, 망고 시럽을 얹으면 맛있는 망고 빙수가 완성된다. 타이완은 유명한 망고 원산지로, 샛노란 생망고를 듬뿍 잘라 올려 먹는 망고 빙수는 망고 본연의 건강한 맛을 그대로 느낄 수 있기에 타이완을 방문하는 관광객들의 사랑을 독

망고빙수

차지하고 있다 . 망고를 이용해서 만든 다른 간식들로는 말린 망고 (芒果乾) 와 망고 젤리 (芒果凍) 가 있다 . 망고로 만든 간식들은 모두 한국인들에게 큰 인기를 얻고 있다 . 최근에는 한국의 블로그를 통해 누가 크래커 (牛軋糖餅乾) 가 유명해지면서 누가 크래커 역시 한국인들이 타이완 여행에서 꼭 구매하는 타이완의 대표적 특산품으로 자리 잡았다 .

2.8 과일왕국

타이완은 과일이 다양하고 맛있어서 과일 왕국이라는 별명도 있다 . 타이완의 기후는 날씨가 따뜻하고 비가 자주 오기 때문에 농업에 유리하다 . 그리고 정부에서도 지난 몇 십 년간 중요한 정

타이완 과일

책으로 농업 발전을 추진하면서 과일 개량도 끊임없이 진행해 왔다. 계절마다 각종 맛있는 과일을 먹을 수 있는 것은 타이완의 특색이다. 과일별과 월별로 대조·정리해 보면 다음 <표 1>과 같다.

<표 1> 타이완 다양한 과일												
과일＼달	1월	2월	3월	4월	5월	6월	7월	8월	9월	10월	11월	12월
바나나	✓	✓	✓	✓	✓	✓	✓	✓	✓	✓	✓	✓
구아바	✓	✓	✓	✓	✓	✓	✓	✓	✓	✓	✓	✓
리엔우	✓	✓	✓	✓	✓	✓	✓					
딸기		✓	✓	✓								
배			✓	✓	✓	✓	✓	✓				
망고				✓	✓	✓	✓	✓				
포도	✓	✓				✓	✓	✓	✓	✓	✓	✓
용과						✓	✓	✓	✓	✓	✓	✓
수박					✓	✓						
패션후르츠						✓	✓	✓	✓	✓		
리쯔						✓	✓					
파인애플						✓	✓	✓				
복숭아						✓	✓	✓				
쓰쟈	✓	✓						✓	✓	✓	✓	✓
파파야								✓	✓	✓	✓	✓
요우즈									✓	✓	✓	
스타프루트	✓	✓	✓							✓	✓	✓
사탕수수	✓	✓	✓	✓	✓					✓	✓	✓
귤	✓										✓	✓
오랜지	✓										✓	✓
비파	✓	✓	✓	✓	✓						✓	✓

한국인에게 낯선 과일 몇 가지를 예로 소개해 보면 다음과 같다.[17]

---

17 니하오 타이완 : https://blog.naver.com/visit_taiwan

(1) 구아바 (芭樂 , 바라 , guava)

타이완 구아바의 재배 범위는 매우 넓은 편인데 , 중남부 지역뿐만 아니라 동부의 이란에서도 생산되고 있다 . 그중 가오슝의 따수 (大樹) 와 옌차오 (燕巢) 두 곳이 유명하다 . 따수 (大樹) 는 쉐미구아바 (水蜜芭樂) 가 , 옌차오 (燕巢) 는 우유진주구아바 (牛奶珍珠芭樂) 가 유명하다 . 쉐미구아바는 꿀처럼 달콤한 것이며 , 우유진주구아바는 물 대신 우유로 재배하기 때문에 다른 구아바보다 향이 좋다 . 타이완의 구아바는 껍질이 얇고 과육이 두툼하며 , 산뜻하면서도 달콤한 맛이 특징이다 . 최근에는 이란 (宜蘭) 의 특산품인 레드 구아바 (紅心芭樂) 가 큰 사랑을 받고 있는데 일반 구아바보다 비타민이나 리코펜 함량이 높아 웰빙 과일로 여겨지고 있다 .

바라 (구아바)

홍신바라 (레드 구아바)

(2) 자바사과 (蓮霧 , 리엔우 , wax apple)

타이완 남부 지역 특히 핑동에서 리엔우 (蓮霧) 를 많이 재배한다 . 겉은 아삭아삭 씹히는데 , 속의 식감은 연하다 . 맛은 사과와 배의 중간이고 수분과 비타민 C 가 풍부한 과일이다 .

리엔우

망고

（3） 망고 (芒果 , mango)

　　망고는 외국인뿐만 아니라 타이완인에게도 큰 인기를 얻고 있다 . 특히 망고 빙수는 타이완을 대표하는 관광 상품 중 하나로 타이완을 찾는 외국 관광객이 반드시 먹는 필수 디저트이다 . 타이완의 망고 생산지는 남부의 타이난 (臺南), 핑둥 (屏東), 가오슝 (高雄) 등에 집중되어 있는데 , 그중 타이난 위진 (玉井) 지역은 애플 망고 (愛文芒果 , 아이운 망고) 가 생산되는 것으로 유명해 이곳은 망고의 고장이라 불리기도 한다 . 망고는 그 종류가 많은데 그중에 토망고 (土芒果), 아이운 (愛文), 진황 (金煌), 위운 (玉文) 이 가장 많이 생산되고 그 외에 카이트 (凱特), 성신 (聖心), 샤쉐 (夏雪), 진미 (金蜜) 등의 품종도 있다 . 품종에 따라 수확 시기는 차이가 있으나 보통 4~8 월에 생산량이 많고 특히 7~8 월은 망고 시즌이라 맛이 가장 좋다 .

　　망고는 일찍부터 17 세기에 네덜란드인이 인도에서 타이완으로 수입해 왔는데 그때의 망고는 토망고 (土芒果) 였다 . 후에 타이완 농후회 (農復會 , 현재의 농업위원회 (農委會) 가 1954 년부터 1970 년 사이에 미국 등 다른 나라에서 약 40 개의 품종을 수입했으며 이후에도 타이완 농업 전문가들이 끊임없이 개량해서 오늘날 타이완에는 이렇게 좋은 맛을 내는 망고가 많이 생산되는 것이다 .[17]

(4) 용과 (火龍果 , 훠롱궈 , dragon fruit)

용과는 중국어로 훠롱궈 (火龍果) 라고 하는데 주로 장화 (彰化) 와 타이난 (臺南) 에서 재배되고 5~12 월에 집중적으로 생산된다 . 과육의 색깔에 따라 백색과 홍색 용과로 나뉘는데 , 백색 용과보다 홍색 용과가 더 달콤한 맛을 지닌다 . 용과는 식물성 단백질과 안토시아닌을 함유하고 있으며 , 비타민과 수용성 식이 섬유도 풍부해 건강에 좋은 과일이라 할 수 있다 .

용과

(5) 패션프루트 (百香果 , 바이샹궈 , passion fruit)

패션푸르트를 중국 말로 바이샹궈 (百香果 , 백향과) 라고 부르는데 , 백 가지의 향이 난다고 해서 백향과라고 하는 것이다 . 비타민 C 가 풍부해서 원기회복과 노화 방지에 효과가 있다 .

패션프루트

---

17 陳立儀 (2013) , 芒果專區帶動產業升級 , 農政與農情 254 , 行政院農業委員會
https://www.coa.gov.tw/ws.php?id=2448072

(6) 리치 (荔枝 , 리쯔 , litchi)

한국에서 리쯔는 당나라의 양귀비가 좋아하는 과일로 유명하다 . 널리 알려져 있다 . 리쯔는 주로 타이완 중남부에서 생산되는데 특히 남부에 있는 가오슝 따수샹 (大樹鄉) 에서 많이 재배되고 있다 . 재배되는 시기는 6~7 월에 집

리쯔

중 생산된다 . 타이완의 리쯔는 위허바우 (玉荷包), 헤예 (黑葉), 뉘미 (糯米) 등 3 가지 종류가 가장 많은데 그중에 과육이 풍부하고 과즙이 달고 씨가 작은 위허바우가 가장 큰 인기를 얻고 있다 . 근래에는 리쯔 맥주나 빵 , 건리쯔 같은 상품도 인기를 모으고 있다 .

(7) 파인애플 (鳳梨 , 펑리 , pineapple)

타이완에서 파인애플은 일찌감치 청나라 말 (1694 년) 부터 재배하기 시작했고 , 파인애플 농사는 일제시대에 들어와 더욱 발전하였다 . 타이완 각지에서는 일 년 내내 다양한 품종의 파인애플이 훌륭한 맛을 뽐내며 출시되고 있다 . 그중에 진좐 (金鑽) 파인애플은 타이완의 주요 품종 중 하나로 전체 생산량의 80% 이상을 차지한다 . 타이완의 파인애플은 품종에 따라 전국 각지에서 생산되

파인애플

는데 , 남부에 위치한 자이 (嘉義), 타이난 , 가우슝 , 핑동 등이 주요 생산지이다 . 그중에서도 타이난 관먀오 (關廟) 의 파인애플이 가장 유명하다 . 타이완의 파인애플은 맛이 새콤달콤하고 진하며 향기가 가득한 것이 특징이다 .

파인애플은 섬유질을 많이 함유하고 있어 소화에 도움이 되고 각종 비타민과 16 가지의 무기질이 있기 때문에 다이어트에도 좋은 과일이다 . 그리고 바이플라보노이드 (生物類黃酮素 , biflavonoid) 를 지니어 항염증 , 항노화 , 항암에도 크게 도움이 된다 . 이와 같이 파인애플은 건강에 좋은 과일이라 사람들이 즐겨 먹고 있다 . 파인애플을 이용해 제작한 식품도 많은데 파인애플 케이크 , 주스 , 술 , 식초 , 캔 등이 유명하다 .

(8) 쓰쟈 (釋迦 , 쓰쟈 , sugar apple)

앞에서 언급한 바와 같이 , 쓰쟈 (釋迦) 라는 이름은 석가불에서 따온 것이다 . 쓰쟈의 주요 생산지는 동부의 타이동 (臺東) 으로 생산량은 타이완 전체의 80% 정도를 차지하며 , 다른 생산지로는 남부의 타이난과 핑동이 있다 . 주로 2~7 월 사이에 많이 생산된다 .

쓰쟈

(9) 파파야 (木瓜 , 무과 , papaya)

생산지는 주로 남부 지역에 집중되어 있으며 , 일 년 내내 생산되지만 7~11 월에 생산되는 파파야의 품질이 가장 우수하단다 . 타이완 사람들은 파파야를 그냥 과일로 먹는 것에 그치지 않고 음료로 만들어 평상시에 자주 마신다 . 파파야에 우유외물을 붓고 설탕과 얼음을 조금 넣어 믹서기에 갈아 만든 파파야 우유 (木瓜牛奶) 가 그것이다 .

파파야

(10) 스타프루트 (楊桃 , 양타오 , star fruit)

겉모습이 별 모양 같은 스타프루트는 수분이 많고 비타민 C 가 풍부하여 목이 아플 때 먹으면 좋은 과일이다 . 타이완에서는 스타프루트를 갈아 만든 주스 (楊桃汁) 를 목을 자주 사용하는 사람들은 물론 목 건강을 생각하는 사람들도 평상시에 자주 마신다 .

스타프루트

(11) 귤 (橘子 , 쥐즈 , mandrain orange) 과
오렌지 (柳丁 , 리우딩 , orange)

타이완에는 귤의 종류가 많은데 한국의 귤과 많이 다르다 . 한국의 귤은 껍질이 얇고 씨앗이 없다 . 타이완에서 제일 많이 볼 수 있는 것은 펑간 (椪柑) 인데 , 10 월 무렵이 되면 시장에 제일 먼저 나오며 껍질이 두껍고 알알이 씨앗이 들어 있다 . 한편 , 리우딩 (柳丁) 도 있는데 이것은 타이완의 오렌지로 볼 수 있다 . 귤은 까먹으면 되고 , 리우딩은 칼로 잘라서 먹어야 한다 . 음료로 만

귤

리우딩

든 리우딩 주스 (柳丁汁) 도 인기가 많다 .

(12) 비파 (枇杷 , loquat)

겉모습이 비파 악기를 닮았다
고 해서 비파라는 이름이 붙었다 .
비파는 각종 과당 , 포도당 , 칼슘 ,
철 , 그리고 비타민 A, B, C, 카로
틴 등의 영양 성분을 함유하고 있
으며 , 한의학에서는 폐를 보호하고
기침을 멈추는 효과가 있다고 알려

비파

져 한약재로도 많이 쓰인다 . 비파고 (枇杷膏) 와 비파 사탕이라는 가공 상품이
있는데 호흡기 질환에 좋은 것이다 .

제 3 장

第三章

교통
交通

交通

臺灣捷運上禁止飲食、嚼食口香糖或檳榔，違者處新臺幣 1,500 ～ 7,500 元罰鍰。公車雖然在車上張貼禁止飲食標示，但沒有罰則，只能口頭勸導。

在臺灣，持電子票證在 1 小時內捷運與公車雙向轉乘、持悠遊卡在 1 小時內捷運與 YouBike 雙向直接轉乘，皆享有優惠。

和韓國一樣，博愛座的爭議在臺灣也是存在的，但博愛座其實是優先讓給「有需要」的人，因此 2007 年起，臺北捷運發行「博愛識別貼紙」，給有需要的人取用。

臺北捷運在 1999 年宣傳電扶梯「靠右站立、左側通行」，但 2005 年改為「緊握扶手、站穩踏階」。不過至今大家還是習慣靠右站立、左側通行。

臺灣是世界機車密度最高的國家，為了減少機車與轎車的衝突事故發生，道路可見機車專用道、待轉區和兩段式左轉，這是車種分流的設置。

교통

타이완의 교통수단은 고속철도 THSR, 기차 , 도시철도 (MRT)[1], 버스 , 택시 등의 대중교통수단과 개인이 운전하는 승용차 , 오토바이 등이 있다 . 특히 타이완에서는 오토바이를 이용하는 사람이 매우 많은데 , 이 장에서는 대중교통과 공유 오토바이 등의 이용 규정에 대해 소개한다 .

3.1 대중교통 음식물 반입 금지 규정

타이완에서는 도시철도 , 버스 등의 대중교통 이용 시 대중교통 내에서 음료 및 음식물을 섭취할 수 없다 . 도시철도역 안에는 음식물 섭취 금지 안내문이 붙어있으며 껌이나 사탕을 먹는 것은 물론 물을 마실 경우에도 벌금이 부과된다 .

고속철도

---

1 이 책에서 지하철 , 전철 , 경전철을 모두 포함하여 도시철도라고 부른다 .

MRT: 도시철도 (MRT) 법 제 50 항 제 9 조 규정에 의하면 , 이용객은 도 시철도 내에서 음식물 , 음료 , 껌 혹은 빈랑 (檳榔) 을 섭취할 수 없으며 이를 어길 시 1,500 NTD ~7,500NTD 이하의 벌금이 부과된다 .

이용객이 도시철도 개찰구의 노란색 표시선 안으로 진입한 후에는 일절 음식물 섭취가 금지된다 . 노란색 표시선 밖에서는 자유롭게 음식물 섭취가 가 능하지만 함부로 쓰레기를 버려서는 안 된다 .

버스 : 시민들이 이용하는 시내버스는 지자체와 '사법 관계 (민간사업자 와 지자체가 매매 또는 임대와 같은 법률관계를 맺는 것)'를 맺고 있으며 , 운 송회사와 지자체의 권리와 의무는 '규정된 운송계약'에 따라 정해진다 . 도시 철도가 '대중 도시철도법'에 직접적인 영향을 받는 것과 달리 버스는 대중교 통 법에 직접적인 영향을 받지 않기 때문에 차내에 음식 반입 금지 안내문이 붙 어 있긴 하지만 승객이 차내에서 음식을 섭취하더라도 강제로 벌금이 부과되지 않고 , 승객은 운전기사로부터 차내 음식물 섭취 금지에 대한 권고만 받는다 .

3.2 환승혜택

기존 버스를 타는 법은 탈 때 교통카드 찍 는 경우가 있고 내릴 때 카드 찍는 경우가 있고 구간별로 요금 더 지불해야 하는 경우도 있어 서 관광객들이 많이 헷갈려하였다 . 2019 년 7 월 1 일부터 버스 타는 법이 바뀌었다 . 즉 버스 를 탈 때 한번 찍고 내릴 때 한번 더 찍는 방법 으로 바뀌었다 .

타이완은 버스에서 버스로 환승할 때는 할인 혜택이 없지만 버스에서 도시철도 혹은 도시철도에서 버스로 환승할 때는 할인 혜택이

승하차시 카드찍기

도시철도 MRT

교통카드

적용된다 . 환승 할인 혜택은 1 시간 이내에만 유효하며 만약 도시철도 이용 후 1 시간 내에 버스로 환승하면 버스 요금은 반값이 적용된다 .

환승 할인은 도시마다 다른 요금 규정을 적용하며 환승하는 교통수단에 따라 할인 요금이 달라진다 .

3.2.1 타이베이시

3.2.1.1 도시철도 (MRT) 이용 전후 환승 할인 혜택

(1) 버스 : 전자 결제가 가능한 요요카드 (悠遊卡 , 이지 (easy) 카드), 학생카드 , 우대카드를 소지한 자는 1 시간 내 도시철도와 버스의 환승이 가능하며 , 소지한 카드의 종류에 따라 8NTD, 6NTD, 4NTD 의 할인 혜택을 받을 수 있다 .

(2) 유바이크 (YOUBIKE): 요요카드를 소지한 자는 1 시간 내 도시철도와 유바 이크 모두 환승이 가능하며 , 이용 시 5NTD 의 할인 혜택을 받을 수 있다 . 유바이크는 타이베이와 신베이시의 지정된 자전거 정류장에서만 대여가

가능하다 .

(3) 단하이 (淡海) 경전철 : 요요카드 , ipass, icash 카드를 소지한 승객은 1 시간 내 도시철도와 단하이 경전철을 환승할 수 있으며 구체적인 할인 혜택과 금액은 다음과 같다 .

(4) 일반카드 , 학생카드 , 우대카드 , 장애인 복지카드 등의 일반 교통카드로 환승 시 8NTD 의 요금을 지불한다 .

버스 정류장

(5) 타이베이시와 신베이시 초등학생 학생증 (아동 할인카드), 경로우대카드 등 우대 카드 소지자는 환승할 때마다 4NTD 의 요금만 지불하면 된다 .

(6) 교통카드 소지자가 1 시간 이내에 간선버스 , 마을버스 , 고속버스 , 타이베이시와 신베이시 버스를 환승할 시 한 구간 요금의 반값을 할인받을 수 있다 .

3.2.2 타이중시

타이중 도시철도 (MRT) 는 2021 년 4 월에 본격적으로 운영되기 시작했다 . 도시철도 이용 전후 환승 할인 혜택은 아직 실시되지 않았다 . 버스 환승 할인 혜택에 대해서만 다음과 같이 소개하도록 한다 .

(1) 쌍십 (雙十) 버스 : 10km 이내 무료 , 10km 를 초과하면 최대 10NTD

(2) 기차 환승할인 혜택

2019 년 10 월 1 일부터 요요카드 혹은 iPass(一卡通) 카드 사용하여 기차를 이용하는 승객은 타이중 시내의 열차역에서 하차한 후 2 시간 내 환승하면 10km 내 버스 요금이 무료이다 .

3.2.3 가오슝시

(1) 도시철도 환승할인 혜택

가오슝 도시철도 (MRT) 에서 2 시간 내 가오슝 시내버스 혹은 광역버스로 환승할 시 3NTD 할인 혜택이 적용된다 [2].

(2) 버스 환승할인 혜택

1 일 2 구간 무제한 사용 : 당일 기준으로 시내버스 이용 시 횟수 제한 없이 1 일 최대 2 회 요금만 부과된다 . 경전철과 시외버스 및 시내버스에서 2 시간 내에 시내버스로 환승할 시 1 구간의 요금이 할인된다 .

경전철 , 시외버스와 시내버스에서 2 시간 내에 다시 시외버스로 환승할 시 12NTD, 시외버스의 편도 요금은 60NTD 만 지불하면 된다 .

(3) 기차 환승할인 혜택

2019 년 10 월 1 일부터 시행된 '열차 환승버스 할인' 에 따라 교통카

경전철

---

2 가우슝시 교통국 : https://www.tbkc.gov.tw/Message/Bulletin/News?ID=df38fbdc-cac7-4896-bf10-d5db057d2f89

드를 사용하여 기차 탑승 시 2 시간 내에 버스로 환승하면 1 구간 비용이 할인된다 . 2 시간 내 시외버스 환승 시에는 12NTD 의 할인 혜택을 받는다 .

3.3 노약자석의 쟁점

노약자석

“신심장애자권익보장법 (身心障礙者權益保障法) 제 53 조”에 의해 타이완의 버스와 도시철도에서는 노약자석을 설치하였다 . 노약자석은 일반석과 좌석 색깔이 다르며 스티커로 표시되어 있다 . 일반 승객들도 필요시 노약자석을 이용할 수 있으나 노인 , 임산부 , 어린이 등의 노약자들과 마주하였을 때는 꼭 자리를 양보하여야 한다 .

타이완의 노약자석 문화는 많은 국가들에게 귀감을 주고 있지만 , 노약자석의 정의 악마 논쟁[3] 사건은 타이완 사람들에게 노약자석 양보 문화에 대한 거부감을 불러일으켰다 .

노약자석은 영어로 Priority seat 이며 우선적으로 필요한 사람들에게 앉을 권리를 주는 좌석이다 . 그렇다고 단순하게 노약자 혹은 임산부와 아이들이 무조건적으로 앉을 권리가 있는 좌석은 아니다 . 젊은 청년들이라도 겉으로 드러나지는 않지만 지병이 있어 오랫동안 서 있을 수 없는 경우도 있다 . 그렇기 때문에 노약자석은 누구나 앉을 수 있는 자리이며 꼭 필요한 사람이 있을 경우 우선적으로 양보해야 한다 .

2007 년부터 타이베이 도시철도는 노약자 식별 스티커를 발행하여 필요한 사람이 직접 수령할 수 있도록 하였다 . 2012 년 타이베이 정부 역시 임신부 표시 배지를 임신 16 ～ 20 주의 산모들에게 나눠줬다 . 임신 초기의 임신부들은 겉으로는 크게 표시 나지 않는다 . 임신부 표시 배지는 주의를 요하는 임신 초기

3　정의 악마 (正義魔人) 란 자신의 도덕적 정의를 절대 기준으로 삼아 타인에게 도덕적 행위를 요구하면서 그로 인해 타인에게 불편함을 주는 자를 뜻한다 .

의 임신부들이 안전하고 편리하게 대중교통을 이용할 수 있도록 배려하는 정책이다 .

3.4 MRT '우측 서기 , 좌측 통행'?

타이베이 MRT 는 1999 년 '우측 서기 좌측 통행' 정책을 적극 홍보하였으나 2004 년 이 정책으로 인해 한 승객이 에스컬레이터에서 넘어져 두피가 벗겨지는 심각한 부상을 입는 사고가 발생하였다 . 그로 인해 2005 년부터는 '손잡히를 꽉 잡고 가만히 서 있기 (緊握扶手，站穩踏階)'라는 정책으로 변경되었다 . 현재 타이베이 도시철도는 더 이상 '우측 서기 , 좌측 통행' 정책을 홍보하지 않지만 이미 이용자들에게는 '우측 서기' 문화가 깊이 각인되었다 .

손잡이를 꽉 잡고 , 가만히 서 있기

이에 따라 출퇴근 시간에는 에스컬레이터 우측에 길게 줄지어 있는 사람들과 좌측에 안전을 등한시한 채 바쁘게 오르락내리락하는 사람들의 모습을 자주 볼 수 있다 . 만약 에스컬레이터 좌측에 가만히 서 있다면 뒤쪽에서 "지나갈게요"를 외치는 사람들을 만날 수 있을 것이다 . 또한 좌측 통로에 서 있는 사람들을 비난의 눈초리로 바라보는 정의로운 악마들도 볼 수 있을 것이다 .

3.5 오토바이 문화 [4]

타이완에는 왜 이렇게 많은 오토바이가 있을까 ?

타이완은 전 세계에서 오토

오토바이

바이 밀집도가 가장 높은 나라 중 하나이다 . 타이완의 전체 인구는 약 2 만 3

---

4 David Wu(2019.08.21) ，「台灣的機車為何如此之多」，TechOrange(科技橘報)
   https://buzzorange.com/techorange/2019/08/21/why-are-there-so-many-scooters-in-taiwan/

천여 만 명이며, 2021 년 7 월을 기준으로 한 통계에 의하면 타이완의 오토바이 등록수는 14,180,849 대로 자가용 등록수 7,055,048 대의 약 두 배에 달한다[5]. 미성년자를 제외한다면 타이완 대부분의 사람들이 오토바이를 한 대 이상 보유하고 있다고 볼 수 있다.

타이완의 오토바이 역사를 알기 위해서는 일제 통치 시기인 쇼와 (昭和) 시대로 돌아가야 한다. 현재 타이완의 가장 큰 규모의 모터사이클 제조회사인 SYM, 즉 삼양공업주식유한회사 (三陽工業股份有限公司) 의 전신은 칭펑항 (慶豐行) 으로 해외에서 생산된 오토바이를 수입하는 회사였다. 이 회사는 1961 년 일본 기업과의 합작을 통해 자국산 오토바이를 생산하기 시작하였다.

2 차 세계대전 후 타이완은 전쟁 전과 같은 경제 상태를 회복하는 데 약 10 년이 소요되었다. 이때 정부는 강력한 경제 정책을 펼쳤는데 이 당시 주요 정책은 농업무역의 흑자를 통해 국내 공업을 발전시키는 '수입대체전략 (進口替代戰略)' 이었다[6]. 이외에도 수입 상품에 높은 관세를 부과하고 수입품이 국내로 들어오는 것을 제한하는 정책도 있었다.

당시 정부는 수입차와 수입 자동차 부품에 대해서도 관세를 부과했다 (외국 자동차 제조사는 타이완에서 협력 회사를 설립할 수 있었지만, 당시 타이완 자동차 시장에 대한 전망이 낮아 기술 이전을 희망하는 외국 회사는 없었다). 국내 자동차 회사의 낮은 기술력과 높은 자본 그리고 대규모의 경제 부재로 타이완 자동차는 판매 가격이 비쌌고 판매 실적도 저조하였다. 따라서 자동차 수입 대체 전략에 의해 관세가 없고 품질이 좋은 타이완의 오토바이가 사람들의 각광을 받게 되었다.

---

5 交通部公路總局 : https://stat.thb.gov.tw/hb01/webMain.aspx?sys=100&funid=defjsp
6 수입 대체란 원조, 수입에 의존하고 있는 재화를 국내에서 생산하도록 이끄는 것을 말한다. 국영화 또는 무역 장벽 같은 보호무역주의로써 국내 산업을 보호하는 것이다. 이러한 전략을 통해 산업화를 달성하는 것을 수입 대체산업화라고 한다.

오토바이 전용 정차 박스

3.5.1 오토바이 전용 도로와 전용 정차 박스

타이완에는 오토바이 전용 도로와 전용 정차구역 (停轉區) 이 존재한다 . 오토바이 전용 정차구역은 자동차 정지선과 횡단보도 사이에 위치하고 있기 때문에 교통 신호가 바뀌면 오토바이가 먼저 출발할 수 있어 원활한 교통 흐름을 유지할 수 있다 .

타이완은 한국과는 달리 대부분 지역에서 오토바이 좌회전이 금지된다 . 만약 오토바이가 좌회전을 하려면 일단 직진해

오토바이 전용도로

우측 방향의 정차구역 (待轉區) 으로 이동하여 신호가 바뀔 때까지 기다려야 한다 . 이것을 2 구간식 좌회전 (兩段式左轉) 이라고 한다 .

2 구간식 좌회전은 하나의 교통 신호 체계이며 , 일반적으로 자전거와 오토바이만 2 구간식 좌회전을 준수한다 . 2 구간식 선회는 타이완에만 있는 교통질서는 아니며 일본 역시 타이완과 유사한 교통 표지판이 있다 . 하지만 일본은 속도가 느린 (예를 들어 인력거 , 짐수레 등 일반적인 차량이 아닌) 차량만이 2 구간식 좌회전을 할 수 있다 .

3.5.2 오토바이의 자동차 전용도로 이용 가능

다른 나라에서도 비슷한 정책이 있겠지만 타이완에서는 2012 년부터 250cc 이상 오토바이의 고속도로 운행이 허가되었다 . 오토바이가 타이완 어디에서나 운전이 가능해지면서 타이완인에게 가장 효율적인 교통수단이 되었다 .

3.5.3 블랙박스

오토바이의 접촉사고가 잦아지면서 오토바이 운전자들은 이러한 분쟁을 피하기 위해 헬멧 앞쪽에 블랙박스를 달기도 한다 . 그러나 이는 강제로 시행

하는 정책이 아니기 때문에 보통 운전자들은 블랙박스를 달지 않고 오토바이를 탄다 .

3.5.4 오토바이 전용 주차장

상가와 건물 등 어느 곳에서나 오토바이 전용 주차장을 쉽게 찾아볼 수 있다 . 오토바이 주차장 역시 자동차 주차장과 마찬가지로 이용료를 지불해야 하는 곳도 있다 .

한국에서는 오토바이를 위험한 교통수단이라는 부정적인 시선으로 보는 경우가

오토바이 전용 주차장

많다 . 그러나 타이완인들에게 오토바이는 가장 보편적인 교통수단이다 . 오토바이 보급과 대중화가 타이완 여성들의 사회 진출에 도움이 되었다는 주장도 있다 .

3.6 공유 교통수단

3.6.1 YouBike(微笑單車 , 유바이크)

타이베이시는 타이완의 유명 자전거 업체 자이언트에 타이베이시의 공용 자전거 시스템에 대한 운영 권리를 부여하였다 . 이것이 지금의 유바이크 (YouBike) 의 시작이다 . 유바이크는 2009 년 3 월 11 일 시범적으로 운영되었고 신의구 (信義區) 의 11 개 버스 , 도시철도역에 500 대의 자전거를 시범 배치하였으며 2012 년 11 월 30 일부터 본격적으로 상용화하였다 . 정식으로 상용화된 유바이크는 이미 시범 운영 단계부터 13 만 장 이상의 회원카드를 발급하였고 , 2021 년 8 월 21 일 기준으로 회원카드 발급 수는 1,447 만 장을 초과하였다[7] . 기존의 YouBike1.0 보다 더 스마트하고 업그레이드된 YouBike2.0 시스템이 2021 년 5 월부터 본격적으로 운영되기 시작하였다 .

---

7 관련정보는 유바이크 홈페이지 참고 .
  https://taipei.youbike.com.tw/home/

유바이크 1.0

유바이크 2.0

타이베이시 외에 신베이시 , 타오위엔시 (桃園市), 신주시 (新竹市), 먀오리현 (苗栗縣), 타이중시 (臺中市), 장화현 (彰化縣), 타이난시 , 가오슝시 등의 지역에서도 유바이크와 같은 공용 자전거를 제공하고 있다 . 유바이크와 같은 공용 자전거 요금 기준은 처음 30 분은 5NTD, 4 시간 내 30 분마다 10NTD씩 , 4 시간~ 8 시간 내 30 분마다 20NTD, 8 시간을 초과하였을 시 30 분마다 40NTD 씩 요금이 부과된다 . 요요카드나 신용카드로 지불할 수 있다 .

3.6.2 GoShare, WeMo , iRent

타이완은 현재 세 곳의 회사 (GoShare, WeMo, iRent) 에서 공유 오토바이에 관한 서비스를 제공한다 . 이 세 가지는 모두 전동 오토바이이다 .

타이완에서는 시민들의 전동 오토바이의 구매욕을 상승시키기 위하여 1998 년 행정원에서 통과된 '전동 오토바이 행동 발전 계획' 에 따라 처음으로 전동 오토바이에 대한 보조금이 책정되었다 . 하지만 당시 전동 오토바이에 사용되는 연산 전지가 환경오염을 유발할 가능성이 높다는 점과 당시 전동 오토바이마다 품질 차이가 컸기 때문에 시민들의 구매욕을 이끌어내지는 못했다. 결국 정부는 2001 년 말부터 대기오염을 방지하기 위해 전동 오토바이 구매를 위한 보조금을 지불하지 않기로 결정하였다.

2009 년에 경제부는 '전동 오토바이 발전 추진 계획'을 발표하고 2010 년에 '경제부 전동 오토바이 산업 발전을 위한 보조 요점 (經濟部推動電動機車產業補助實施要點)'을 시행하였다.

2014 년부터 이용자는 정부의 인증을 획득한 전동 오토바이를 구매할 때 오토바이와 배터리가 분리된 차종 , 예를 들어 Gogoro 와 같은 전동 오토바이를 구매하면 전동 오토바이 구매 보조금을 받을 수 있다.[8]

GoShare, WeMo, iRent 등 세 회사에서 공유 오토바이에 관한 서비스를 설명해 보면 다음과 같다.

(1) GoShare[9]

전동 오토바이 제조사인 Gogoro 는 2019 년 8 월 29 일부터 전기 오토바이 공유 서비스를 제공하기 시작하였으며 , 시작되자마자 40 만 명의 이용자가 서비스를 등록하였다. 현재 GoShare 는 시간에 따라 요금을 청구하고 있으며 , 차종에 따라 6 분 이내의 각기 다른 이용 요금이 부과된다. Gogoro2 는 6 분에 25NTD, Gogoro viva 는 15NTD, 7 분 이후부터는 시간 당 2.5NTD 의 요금이 부과된다. Goshare 앱을 통해서 이용하고 지불할 수 있다.

Go share

8 魏逸樺，鄧傑漢 (2020)。< 臺灣電動機車共享服務的發展 (타이완전도자동차고유서비스의 발전)>。《經濟前瞻》189 期。118-122 頁。

9 GoShare 홈페이지 : http://www.ridegoshare.com/

공유 오토바이의 개념은 실제로 YouBike 와 매우 유사한데, 두 가지의 차이점은 YouBike 는 고정된 주차 정거장이 있지만 오토바이는 그렇지 않다. 오토바이는 고정된 주차장은 없지만 시내의 지정된 오토바이 주차 공간에 주차하기만 하면 되니 YouBike 보다 편리하고 기동성이 뛰어나다.

(2) WeMo[10]

최초의 거치대 없는 공유 오토바이의 선두주자는 WeMo 로, WeMo 는 2016 년 10 월 7 일 타이베이시의 일부 지역에서 공공 오토바이 서비스를 제공하기 시작하였다. 서비스를 제공한 지 얼마 안 되어 타이베이시, 신베이시 그리고 가오슝시까지 확장되면서 30 만 명의 서비스 이용자가 생겼고, 2019 년 기

WeMo

준으로 누적 사용자는 500 만 명에 달하며, 제공되는 오토바이는 대략 7,000 대가 있다. WeMo 의 사용 요금은 분으로 계산되며 오토바이를 대여하면 6 분 내에는 15NTD, 7 분 이후부터 매 분마다 2 ~ 2.5NTD 씩 요금이 부과된다. WeMo Scooter 앱을 다운로드하여 이용하면 되고, 신용카드, Apple Pay 와 LINE Pay 로 지불할 수 있으며, 신용카드가 없는 사람은 WeMo 앱에 충전하여 지불하면 된다.

(3) iRent[11]

iRent 는 2019 년 1 월 16 일 생긴 서비스로 초창기에는 주로 차량 렌트를 제공했으며, 2019 년 3 월 18 일부터는 전동 오토바이 렌트도 시작하였다. 서비스를 제공한 지 얼마 안 된 2019 년 8 월에 자동차와 오토바이를 모두 합해

---

10 WeMo 홈페이지 : https://www.wemoscooter.com/
11 iRent 홈페이지 : https://www.easyrent.com.tw/irent/web/

약 20 만 명의 사용자가 등록하였다 . 현재 iRent
의 서비스 범위는 타이베이시 , 신베이시 , 타오
위엔시 , 타이중시 , 타이난시 , 가오슝시 등 6 개
지역으로 현재 이 6 곳의 도시에서 4,000 대의
전동 오토바이를 렌트할 수 있다 . iRent 의 이용
요금은 차량 대여 시간을 기준으로 6 분 이하는
10NTD, 7 분부터는 매 분마다 1.5NTD 씩 청구
되며 하루 이용 금액은 300NTD 으로 제한된다 .
iRent 앱을 통해서 예약하고 요요카드로만 지불
할 수 있다 .

iRent

제 4 장

第四章

전통풍속과 축제
傳統風俗與慶典

傳統風俗與慶典

臺灣和韓國都有生肖文化，但臺灣比韓國更在意，例如少人會特意避開蛇、虎等較為不受歡迎的生肖年，選擇龍年生小孩。

臺灣的葬禮種類和韓國一樣，但臺灣傳統的葬禮有「做旬」等繁複的禮俗，通常需要 10 ～ 15 天。

農曆七月又稱為鬼月，是鬼神從鬼門出來的時段，七月十五日是中元節，這天公司、學校、社區、家戶會準備豐盛的牲禮、水果餅乾等食品祭拜鬼神，有些宮廟會舉辦大普渡。雖然中元節源自道教，但已成為臺灣人消災祈福的文化。

臺灣的婚姻習俗依地方有所差別，但現代年輕人已經不在意這些禮俗，不過有些傳統至今仍被沿用。例如，新娘上下車時要撐黑傘或米篩、新娘離開娘家搭車時要丟扇子。此外，臺灣還有一些有趣的習俗，例如，月經來不可以拿香拜拜、懷孕三個月以前不能告訴別人、農曆七月不近水（不旅行、不搬家、不開刀）等，僅供參考。（更多的文化禁忌請參考第六章）

臺灣和韓國一樣，每個月各地會有一些大小慶典，從傳統慶典到現代的音樂祭、有自然景觀的慶典，也有美食慶典，包羅萬象，詳細的內容可上觀光局網站查詢。

전통풍속과 축제

타이완의 전통 풍속은 민족에 따라 다르고 , 축제 역시 지역에 따라 매우 다양하다 . 이 책에서는 타이완에서 비교적 공통적인 풍속과 각 지역에서 거행되는 축제를 정리하여 소개하고자 한다 .

4.1 '띠'문화

한국과 같이 타이완에도 '띠'문화가 있다 . 띠의 동물은 순서대로 쥐 ,

띠

소, 호랑이, 토끼, 용, 뱀, 말, 양, 원숭이, 닭, 개, 돼지이다. 띠에 관한 전설과 스토리가 많고 여러 전설에서 점점 띠 문화가 형성되었다. 띠를 보는 나라는 아시아의 나라만은 아니고 이집트와 인도에도 12개의 동물을 가지고 만든 띠 문화가 있다.

타이완에서는 12개의 띠 중에 용띠가 가장 좋고, 뱀띠나 호랑이띠는 상대적으로 나쁘거나 이롭지 않다고 인식된다. 용은 중화권에서 제왕과 권세를 상징하고 상서로운 의미가 있기 때문에 많은 사람들이 용띠 해에 아이를 낳고 싶어한다. 반면에 호랑이나 뱀띠 해에는 아이를 낳는 것을 일부러 피하는 사람이 많다. 호랑이는 흉악하고, 뱀은 독하고 음흉한 동물이라는 부정적인 의미가 있기 때문에 해당 띠에는 아이를 낳고 싶지 않은 것이다.

이와 같은 재미있는 띠 문화는 용띠, 호랑이띠, 뱀띠 해에 태어난 신생아 수를 비교해 보면 확실히 알 수 있다. <표 2>를 통해 용띠 해에 신생아 수가 가장 많고 용띠의 다음 해인 뱀띠 해에는 신생아 수가 많이 줄어든 것을 알 수 있다. 또한 호랑이띠 신생아 수는 소띠나 토끼띠의 신생아 수보다 적은 것도 <표 2>에서 확인할 수 있다.

| <표 2> 띠별에 의한 신생아 수의 추이 | | | | |
| 출처 : 내정부호정사 (內政部戶政司) | | | | |
띠	년	신생아 (명)	년	신생아 (명)
소	1997	326,002	2009	191,310
호랑이	1998	271,450	2010	166,886
토끼	1999	283,661	2011	196,627
용	2000	305,312	2012	229,481
뱀	2001	260,354	2013	199,113

'띠'를 미신으로 보는 사람도 있지만, 띠 문화는 아주 오래 전부터 중

화권 생활에서 중요한 요소로 자리 잡았다 . 그러나 때로는 띠 문화가 일상생활에 안 좋은 영향을 끼치기도 한다 . 특히 결혼과 입시에 많은 영향을 미치는데 먼저 결혼의 경우 , 쥐띠 사람은 배우자로 양띠 , 말띠 , 토끼띠 , 닭띠와 결혼하면 좋지 않은 반면 , 용띠 , 원숭이띠 , 소띠와 결혼하면 좋다는 것이다 . 그래서 사주를 볼 때는 생일 외에 띠도 함께 본다 .

입시의 경우 , 용띠 해에 태어난 아이는 다른 해에 태어난 아이보다 치열한 입시 경쟁을 해야 한다 . 2000 년을 예로 들어보면 , 그 해 타이완 출산율은 1.68% 로 신생아 수는 305,312 명이었다 . 이것은 한 해 전인 1999 년 (토끼띠) 의 신생아 수인 283,661 명과 한 해 후인 2001 년 (뱀띠) 의 신생아 수인 260,354 명보다 그 수가 훨씬 많은 것이다 . 2000 년에 출산율이 급증한 것은 용띠 해와 밀레니엄 (millennium) 의 의미가 있었기 때문으로 볼 수 있는데 , 그러나 용띠 해에 태어난 아이는 다른 띠의 아이들보다 함께 입시를 치르는 수험생이 많아 , 입시에서 더 큰 스트레스를 받게 되었다 . 이처럼 띠 문화가 일상에 좋지 않은 영향을 줄 수 있다는 사실을 간과해서는 안 된다 . 앞으로는 띠 문화가 일으키는 안 좋은 영향은 사라졌으면 하는 마음이다 .

4.2 만월 (滿月) 과 돌잡이

한국에서는 아기가 태어난 지 100 일이 되면 백일을 지내는데 타이완에서는 아이가 태어나고 한 달이 될 때 만월을 지낸다 . 2 장 음식 편에서 언급한 바와 같이 , 아이를 낳은 지 한 달 즉 만월이 되면 아들은 요우판 (油飯), 딸은 케이크를 친구나 가족들에게 선물로 나눠준다 . 과거에는 아기가 태어난 지 100 일 이내에 사망하는 경우기 많았기 때문에 아기의 무병장수를 기원하기 위해 이러한 풍습이 생겼다는 것이다 .

한국과 타이완은 돌잡이 문화도 비슷하다 . 타이완에서는 첫돌이 되면 아이 앞에 돈 , 신용카드 , 도장 , 붓 , 책 , 사전 , 자 (尺), 전자계산기 따위를 두고 아이에게 마음대로 골라잡게 한다 . 아이가 고르는 것을 보고 그 아이의 장래

직업이나 운명을 점친다 . 예를 들면 신용카드를 잡은 아이는 금융기관에서 일을 할 것이며 , 자를 잡은 아이는 앞으로 변호사나 검사 , 판사를 할 것이며 , 도장을 잡은 아이는 관리를 할 것이며 , 전자계산기를 잡은 아이는 장사를 할 것이라는 것이다 .

4.3 중원절 푸두 (普渡)

중원절 푸두라는 타이완의 풍습을 이해하기 위해서는 먼저 궤위에 (鬼月 , 귀신의 달) 에 대해 알아야 한다 . 음력 7 월 한 달은 궤위에라고 부르는데 , 7 월 1 일에 귀신의 문이 열려서 7 월 31 일이 되면 귀신들이 다시 저승으로 돌아간다 . 그 중간인 7 월 15 일은 바로 중원절이다 .

중원절 푸두

중원절은 타이완 고유의 기념일은 아니며 중화권 대부분의 나라에서 성대하게 치러지는 명절이다 . 한국에서도 백중날을 지내지만 한국에서는 이날은 불교의 전통으로 귀신이 아닌 부처님을 공양한다 .

타이완에서는 중원절에 푸두라는 의식이 진행되는데 , 절 , 회사 , 주택건물이나 가게 , 집 앞에 생선 , 고기 , 과일 , 과자 , 음료수…등을 제사상에 가득 쌓아놓고 , 향을 피워 제사를 지내고 지전 (紙錢) 을 태운다 .

푸두는 과거부터 액을 막아주고 자신과 가족의 행운과 복을 기원하는 의식이라고 믿어 왔다 . 사람들은 음식을 얻어먹은 귀신들이 음식을 준비하여 제사를 치러준 사람들에게 복을 가져다 준다고 믿었기 때문에 정성껏 제사상을 차려 의식을 진행하였다 .

음력 7월인 '귀신의 달' 한달 동안은 쉽게 액이 낄 수 있기 때문에 혼례, 장례, 여행, 계약 등 주요 행사는 가급적 하지 않는다. 물론 이런 믿음들은 하나의 미신으로 여겨지지만 타이완에서는 이미 하나의 금기문화가 되었다.

4.4 혼인풍속

타이완의 결혼 풍속은 지방마다 다른데, 남부 지방에서 여전히 전통 풍속을 지켜 결혼식을 하는 경우가 많다. 전통 결혼식은 대체로 이러하다. 결혼식 첫날 신부가 시집으로 가는 신행 (新行) 을 하고, 이튿날 시집간 딸이 친정집에 부모를 뵈러 가는 근친 (覲親) 을 하며, 이 두 날에 모두 피로연을 한다. 남부지방에서는 이러한 결혼 풍습이 지금도 이어지고 있는데, 이에 비해 북부 도시에서는 하루 내에 결혼식이 다 이루어진다.

신부가 시집에 가는 신행 과정에서 재미있는 풍속 몇 가지를 설명해 보면 다음과 같다.

신부가 차를 타고 시집으로 갈 때 부채를 차 밖으로 던져 버려야 한다. 이는 신부가 자기의 성질을 버리고 시집을 간다는 뜻이다.

또 신부가 시집으로 들어갈 때는 보통 쌀 체로 신부 머리 위를 가린다. 이것은 결혼 당일에 신부의 기 (氣) 가 하느님만큼 높기 때문에 하느님과 충돌하지 않기 위한 것이라는 말도 있고, 또는 하느님에게 예의를 표하기 위해 쌀 체로 신

결혼식

신부가 부채 던지기

쌀 체로 신부 머리 가리기

부의 기를 막는 것이라는 설도 있다.

그런데 쌀 체가 아닌 검은 우산으로 가리는 경우도 있다. 만약 신부가 임신 상태이면 쌀 체 대신 검은 우산으로 신부의 머리를 가린다. 이것은 팔괘(八卦)와 관련이 있는데, 팔괘는 아이에게 살(煞)을 내릴 수 있기 때문에, 임신한 신부는 쌀 체 대신 검은 우산으로 가리는 것이다.

그러나 지금은 임신을 했거나 하지 않았거나 상관없이 검은 우산으로 신부의 머리를 가리는 경우가 많다. 특히 북쪽 도시에서는 거의 모든 신부가 우산을 쓴다. 이에 비해 남부 지방에서는 여전히 전통 풍속을 잘 지키고 있어서 임신한 신부만 아이를 수호하기 위해 검은 우산으로 머리를 가린다.

4.5 장례풍속

한국과 같이 타이완의 장례도 토장(土葬), 수장(水葬), 화장(火葬), 풍장(風葬)과 수장(樹葬) 등 여러 형식이 있다. 그런데 한국과 달리, 타이완에서는 발인이 3일 내에 끝나지 않고 보통 10일~15일 걸린다. 그리고 음력 7월과 설날 기간에는 발인을 하는 것이 금기시된다.

한국에서는 고려 시대부터 3일장(三日葬)이 있었는데 이런 풍습은 지금까지 유지하고 있다. 즉 한국에서는 1일째에 사망 사실을 확인한 후, 2일째에 염을 치르고 3일째에 발인한다. 그러나 요즘의 장례식은 2일장, 심지어 1일장을 치르는 사람도 있다. 이러한 장례 문화는 타이완과 다르다.

타이완에서는 지방마다 장례 풍속이 있어서 발인할 때도 지방에 따라 다

르게 한다 . 타이완의 장례
는 불교의 영향을 받아 49 재
(齋) 라는 것을 하는데 , 이
는 중국말로 '做旬 (작순)'
이라고 한다 . 불교에서 사람
이 죽은 날로부터 7 일마다 7
회에 걸쳐서 49 일 동안 하는
의례이다 .

제사

　　'做旬 (작순)' 외에
'백일 (百日)' 제사도 중요한 의례이다 . 사람이 죽은 지 백일째 되는 날 제
사하고 애도해야 한다 . 한국의 백일은 아이를 출생한 지 백일째 되는 날을 축
하하는 것이니 한국의 백일 의례와 타이완의 백일 의례는 전혀 다른 내용이다 .

4.6 축제

　　한국과 같이 타이완에도
각 지방마다 관광축제나 문화
축제가 있다 . 타이완에서 개
최되는 축제는 두 가지가 있
는데 이는 국제급과 전국급이
다 . 2020 년을 기준으로 하면
모두 97 개 축제 중에 국제급
은 46 개이고 나머지 51 개는

진항 연등절

전국급이다 . 다음 < 표 3> 는 2020 년에 개최된 국제급 축제이다 . 음악 , 전통
문화 , 스포츠 , 꽃 전시 , 음식 등 여러 종류의 축제가 있다 . 그중에 전통 민속
과 관련된 축제는 진항 연등절 (津港燈節), 타이중마주국제관광문화절 (臺中
媽祖國際觀光文化節), 이엔쉐이폭죽 (鹽水蜂炮), 가오슝 내먼 송강진 (高雄內門
宋江陣), 토우청 챵구기둥등반민속놀이 (頭城搶孤民俗活動), 윈린국제인형연

타이완국제풍선페스티벌

이엔쉐이폭죽

사오왕찬

극제 (雲林國際偶戲節), 쿤슨왕핑안소금제 (鯤鯓王平安鹽祭) 등이 있다 .

　위에서 언급된 축제 외에 원주민 축제도 있다 . 타이완의 원주민 민족은 16 개가 있는데 각 민족마다 나름의 축제가 있다 . 그중에 잘 알려진 축제는 아메이족 풍년제 (阿美族豐年祭 , 7 ～ 8 월), 사이샤족 아이링제 (賽夏族矮靈祭 (Pastaay), 음력 10 월 중순), 부농족 따어제 (布農族打耳祭 , 4 월 하순 ～ 5 월 초), 베이난족년제 (卑南族年祭 , 12 월 하순), 따우족 날물고기제 (達悟族飛魚 祭 , 3 월 ～ 7 월), 조우족전제 (鄒族戰祭 , 2 월) 등이다 .

	< 표 3> 2020 년 국제급 축제		
	출처 : 교통부관광국		
월별	**축제 명칭**	**장소**	**축제기간**
1	동해안 예술절 - 음악회 東海岸大地藝術節季月光 • 音樂會	동해안	藝術節：全年 音 樂 會：8 ~ 10 월
	진항 연등절 津港燈節	타이난 연쉐	1.18 ~ 2.16
	마주국제관광문화절 媽祖國際觀光文化節	타이중시	1.29 ~ 5.20
	티이베이국제도서전시회 臺北國際書展	타이베이시	1.26 ~ 1.31
2	신베이시 핑시천등절 新北市平溪天燈節	신베이시	2.1 ~ 2.8
	타이난 이엔쉐이 폭죽 臺南鹽水蜂炮	타이난 이엔쉐이	2.7 ~ 2.8
	타이완 연등회 臺灣燈會	해마다 다름	2.8 ~ 2.23
	가우슝 내먼 송강진 高雄內門宋江陣	가우슝내먼	2.22 ~ 3.8
	TIFA 타이완국제예술제 臺灣國際藝術節	국가희극원	
3	보생문화제 保生文化祭	타이베이시	3.28 ~ 6.28
	타이베이패션쇼 臺北時裝週	타이베이시	
	타이완국제란초전시 臺灣國際蘭展	타이난시	
	이란녹색박람회 宜蘭綠色博覽會	이란	
	팔괘산 매구경 八卦山賞鷹活動	장화팔괘산	
4	하카동화제 客家桐花季	전국	4.1 ~ 5.31
	타이베이디자인콘텐츠박람회 臺北文化創意設計博覽會	타이베이시	

5	푸롱국제모래조각예술제 福隆國際沙雕藝術季	이란	5.30 ～ 9.30
	루강단오제 鹿港慶端陽系列活動	장화루강	5.27 ～ 7.5
6	타이완자전거제 臺灣自行車節	전국	6.1 ～ 12.31
	타이완중샤절 寶島仲夏節	전국	6 월중순 ~
7	마주 갈매기 구경 生態賞鷗海上看馬祖	마주	7.1 ～ 10.20
	펑후국제해상불꽃놀이 澎湖國際海上花火節	펑후	7.6 ～ 9.3
	타이완국제풍선페스티벌 臺灣國際熱氣球嘉年華	타이동	7.11 ～ 8.30
	이란국제아동민속놀이예술제 宜蘭國際童玩藝術節	이란	7.18 ～ 8.30
	타이완미식전시회 臺灣美食展	타이베이시	7.24 ～ 7.27
	예류 여왕머리 밤구경 野柳時光 - 夜訪女王頭	신베이시	9.27 ～ 10.4
	신베이시공랴우국제해양음악제 新北市貢寮國際海洋音樂祭	신베이시	8.30 ～ 9.1
8	토우청 챵구 기둥등반민속놀이 頭城搶孤民俗活動	이란	음력 7.29
9	따봉완돛단배생활제 大鵬灣帆船生活節	핑동	9.25 ～ 10.4
	일월담 수영 건너기 日月潭萬人泳渡	난토우	9.27
	진먼중추박장원병제 金門中秋博狀元餅	진먼	9.1 ～ 9.30

10	타이베이백야문화예술제 臺北白晝之夜 Nuit Blanche Taipei	타이베이시	10.3 ～ 10.4
	일월담불꽃음악베스티벌 日月潭花火音樂嘉年華	난토우	10.8 ～ 11.21
	난토우세계차박람회 南投世界茶業博覽會	난토우	10 월상순
	타이쟝저어새감상제 台江黑琵季	타이쟝국가공원	10.19 ～ 3.31
	타이완온천미식페스티벌 臺灣好湯 - 文泉美食嘉年華	전국	10.24 ～ 6.30
	윈린국제인형연극제 雲林國際偶戲節	윈린	10 월
	쿤슨왕핑안소금제 鯤鯓王平安鹽祭	윈린 , 쟈이 , 타이난	10 ～ 11 월
11	쥐다오펑후마라톤 菊島澎湖跨海馬拉松	펑후	11.1
	타이완국제타이동서핑시합베스티벌 臺灣國際衝浪公開賽暨東浪嘉年華	타이동	11 월중～ 12 월상순
	신베이시크리스마스축제 新北市歡樂聖誕節	신베이시	11 월하순～ 1.1
	신서꽃축제 新社花海節	타이중	11-12 월
	마우린비엔날레나비구경 雙年賞蝶	마우린국가공원	11 월～ 3 월
12	타이베이 마라톤 臺北馬拉松	타이베이시	12 월 3 번째일 요일
	타이베이송년회 臺北跨年晚會	타이베이시	12.31 ～ 1.1
	자이시국제관악음악제 嘉義市國際管樂節	쟈이	12.18 ～ 1.3

제 5 장

第五章

절 문화
廟宇文化

廟宇文化

臺灣的道教、佛教、一貫道三種宗教的大小宮廟超過1萬2千座,供奉的神佛更是難以計數,較常見的有佛陀、觀世音菩薩、玉皇大帝、土地公、媽祖、王爺、月老、關聖帝君等,其掌管的業務也不同。

以道教為例,到廟宇祈求神佛,除了拿香拜拜之外,有事想問神佛的話,可以擲筊和求籤。在臺灣,到宮廟拜拜已成為民眾生活的一部分,只要不迷信,將信仰視為精神寄託,亦是好事一樁。

臺灣的廟宇活動很多,最廣為人知的就屬為期八天的「大甲媽祖繞境」,曾被 Discovery 列為全世界三大宗教慶典之一。此外,搶孤、赤腳踏火都值得一看。

빠이빠이

절 문화 [1]

••••••••••••••••••••••••

　　타이완에는 불교 , 도교 , 일관도 (一貫道), 기독교 , 천주교 등 여러 종교와 신앙이 어우러져 있다 . 종교와 관련된 건물들 중에는 도교 절이 가장 많다 . 전국 종교 정보사이트 (全國宗教資訊網)[2] 의 통계 (2021.8.22 기준) 에 의하면 타이완에는 도교 절이 약 9,700 곳 , 불교 사찰은 약 2,300 곳 , 일관도의 불당은 244 곳이 있다 . 통계자료에 따르면 오늘날 타이완에는 만 이천 개가 넘는 절이 존재한다고 한다 . 하지만 이 통계 사이트의 자료에는 정부에 등기되지 않은 사당은 포함되지 않았기 때문에 실제로 타이완에 얼마나 많은 절들이 존재하는지 정확하게 파악하는 것은 쉽지 않다 . 이번 장에서는 불교와 도교의 절 문화에 대해 소개하고자 한다 . 사람들이 절에 가서 기원할 때 어떻게 , 무엇을 해야 하는지 , 절에서 모시는 신들은 누구인지 , 절 축제로는 뭐가 있는지 등에 대해서 소개한다 .

5.1 절에서 하는 일

(1) 빠이빠이 (拜拜)

　　빠이빠이는 신에게 인사를 올리는 의식으로 양손으로 향을 들고 신에게 절을 올리며 자신의 소원을 비는 것이다 . 큰일을 앞두고 길흉을 점치기 위해서 혹은 불안한 마음에 위로를 받고 싶을 때 사람들은 절을 찾아가서 조용히 향을 피우며 신에게 인사를 올리는 빠이빠이를 하는데 , 이것은 타이완의 대표적인 종교 문화라고 할 수 있다 .

　　절 입구에 들어서면 , 향을 피우는 곳에 빠이빠이를 하는 순서들과 빠이빠

1　臺灣宗教文化地圖 https://www.taiwangods.com/index.aspx
2　全國宗教資訊網 https://religion.moi.gov.tw/

빠이빠이

이를 위한 향이 얼마만큼 필요한지를 설명해 주는 표지판을 발견할 수 있다. 각각의 절마다 빠이빠이를 하는 순서가 조금씩 다르기 때문에 절에 표시된 표지판의 내용에 따라서 의식을 진행하면 된다. 또한 절마다 신을 모시는 숫자도 다르다. 4 ~ 5 명의 신을 모시는 것이 가장 보편적이며 7 ~ 8 명의 신을 모시는 절도 있다.

일반적인 빠이빠이 의식의 순서는 다음과 같다. 먼저 향을 피운 후에 두 손으로 향을 모아 쥔다. 두 손으로 모아 쥔 향을 눈앞에 들고 신에게 자신의 이름과 주소 등의 정보를 알린다. 그리고 3 번 정도 머리를 숙여 절을 하면서 소원을 빈다. 절을 마친 뒤에는 신에게 자신의 근심이나 바라는 일을 진지한 마음으로 털어놓고 향 하나를 향로 안에 꽂아 넣는다. 순서대로 각각의 향로를 돌면서 같은 방식으로 빠이빠이 의식을 한 후 향로마다 향을 하나씩 꽂아 넣으면 된다.

요즘은 환경오염 문제 때문에 향을 피우지 않고 합장 (合掌, 손바닥을 합함 .) 으로 빠이빠이 의식을 진행하는 절들이 늘어나는 추세이다.

한국의 제사상에 음식을 준비하는 것처럼 빠이빠이 의식을 할 때도 과일이나 과자를 준비한다 . 제물의 종류에 대해서는 특별한 제약이 없으며 , 만약 제물을 준비하지 못했다면 절 근처에서 과자를 구매해서 가도 된다 . 그러나 제물을 준비하지 않고 그냥 빠이빠이 의식을 진행하는 사람들도 많기 때문에 제물에 대해서는 크게 부담을 갖지 않아도 된다 .

(2) 뿌아뷔이 (擲筊)

뿌아뷔이

　도교에서 신에게 길흉을 점치거나 소원을 비는 의식을 타이완어로 '뿌아뷔이 (擲筊)' 라고 말한다 . '뷔이 (筊)' 는 반달 모양의 조각을 뜻하며 '뿌아 (擲)' 는 '던지다' 라는 동작을 의미한다 . 반달 모양 조각을 두 손에 쥐고 간절히 기도하며 소원을 빈다 . 반달 조각을 바닥에 떨어뜨리면 소원에 대한 답을 얻을 수 있다 . 반달 조각을 던졌을 때 두 개 다 뒷면이 나오는 것은 '인뷔이 (陰 筊)' 라고 부르는데 , 이는 신이 점괘를 허락하지 않는다는 부정적인 의미이다 . 두 개 조각이 모두 앞면이 나오는 것은 '샤오뷔이 (笑筊)' 라고 부르며 이것은 신이 웃는다는 의미로 질문하는 방법이 틀렸거나 답이 없는 질문을 던졌다는 뜻이다 . 2 개의 반달 조각 모두 뒷면이 나오는 '인뷔이' 나 모두 앞면이 나오는 '샤오뷔이' 가 되면 의미 있는 점괘를 얻지 못했다는 의미로 이때는 반달 조각을 다시 던져봐야 한다 . 조각의 한쪽이 앞면 , 한쪽이 뒷면으로 나왔을 때만 신이 적절한 점괘를 허락한다는 의미로 이를 '성뷔이 (聖筊)' 라고 한다 . 보통 반달 조각을 던졌을 때 3 번의 '성뷔이' 가 나와야 의미 있는 점괘를 얻었다는 뜻이다 .

(3) 치우치엔 (求籤 , 제비뽑기)

　빠이빠이만을 하기 위하여 절을 방문하는 사람들도 있지만 보통은 치우치엔 (求籤 , 제비뽑기) 까지 함께하는 사람들이 많다 . 뽑힌 점괘의 내용을 통

치엔

점괘함

해서 자신의 질문에 대한 신의 대답을 들을 수 있다. 여기서 말하는 제비는 기다란 막대기에 새겨진 점괘들이다.

　제비 뽑기 의식을 진행하기 전에 유의해야 할 사항은 우선, 제비를 뽑기 전에 뿌아붸이(擲筊)를 통해서 점괘에 대한 신의 허락을 받아야 한다. '성붸이'를 얻은 후에만 제비를 뽑을 수 있다. 제비 뽑기를 할 때는 신중하게 치엔(籤)이라는 막대기를 하나 뽑은 후에 마음속으로 "이 점괘가 진정 신이 내려주시는 뜻입니까?"라고 물은 뒤 다시 반달 모양 조각을 던져 세 번 연속 반대 방향이 나오면 막대기 밑에 쓰인 숫자와 일치하는 점괘 함을 열어 점괘 종이를 얻으면 된다. 점괘의 내용이 이해가 안 된다면 절 안에 뜻을 풀이해 주는 사람에게 가서 해석해 달라고 하면 된다. 점괘의 내용이 절대적이지 않기 때문에 결과만 참고하면 된다.

5.2 절에서 모시는 신들

타이완의 절에서 모시는 신의 종류는 매우 많다 . 가장 보편적인 신들로는 토지신 (土地公), 관세음보살 (觀世音菩薩), 옥황상제 (玉皇上帝), 마주 (媽祖), 관성제군 (關聖帝君), 삼관대제 (三官大帝), 왕예 (王爺), 월로 (月老) ⋯등이다 .

옥황상제는 천공 (天公) 이라고 부르기도 하는데 신들의 황제로 직위가 가장 높은 신이다 .

복덕정신 (福德正神) 이라고도 칭하는 토지신은 마을을 지키는 데 중요한 역할을 맡고 있다 . 타이완에는 토지신을 모시는 절 (土地公廟) 이 가장 많다 .

삼관 대제는 하늘을 관리하는 요 (堯), 땅을 관리하는 순 (舜) 과 물을 관리하는 우 (禹) 을 가리킨다 . 세 명의 신이 각각 천계 (天界), 지계 (地界) 와 수계 (水界) 를 관리하며 이곳에서 벌어지는 모든 일을 책임지고 있다 . 이들 세 명의 신은 옥황상제의 오른팔이기도 하다 .

관성제군은 관공 (關公) 이라고도 하는데 삼국지의 유명한 무장 관우 (關

신

羽) 를 지칭한다 . 잘 알려졌다시피 , 관공은 문무 (文武) 에 모두 출중하기 때문에 다양한 직업 군의 사람들이 모시는 신이다 . 특히 타이완에서는 경찰들이 수사 과정에서 어려움에 직면하면 관공에게 기도를 올리는 사람들이 많다 . 또한 관공은 상인의 재신이라고도 알려져 있기 때문에 비즈니스를 업으로 삼는 사업가들 역시 관공을 모시는 경우가 일반적이다 .

타이완에는 왕예 (王爺) 를 모시는 절이 매우 많다 . 왕예는 치엔쉐 (千歲) 라고 부르기도 하며 타이완에서 모시는 왕예는 약 132 개의 각각 다른 성씨로 대략 360 분이 있다고 알려져 있다 .

왕예 신앙과 관련된 가장 대표적인 의식은 왕선의 배를 태우는 (燒王船) 의식이다 . 이 의식은 왕예를 모셔와 제사를 지내고 왕예를 보내드릴 때 배를 태우는 것으로 의식에 참여한 사람들은 악운과 질병을 물리칠 수 있으며 평안한 생활을 즐길 수 있다고 한다 .

성황예 (城隍爺) 는 성황신으로 토지와 하늘을 지키는 신이었는데 지금은 지방의 저승을 관리한다 . 염라대왕이 저승의 최고신이라면 성황신은 염라대왕을 보좌하는 신이다 .

마주 (媽祖) 는 신이 되었다고 알려진 실존 인물로 천상성모 (天上聖母) 라고 부르기도 한다 . 송나라 푸제인성 메이조우현 (福建省湄洲縣) 에서 태어난 임묵냥 (林默娘) 은 평생 마을 사람들을 돕는 데 헌신한 사람이었다 . 그녀의 나이 28 세 때 아버지와 물고기를 잡으러 바다에 나갔다가 선난 (船難) 을 당했는데 , 마주는 아버지를 구하려고 노력했지만 결국에는 두 사람 다 죽음을 맞이하였다 . 마주가 죽은 뒤 마을 사람들은 마주를 항해의 수호신으로 섬겼다 . 후에 중국에서 이민자들이 타이완으로 넘어올 때 마주신도 함께 모시고 오면서 , 마주는 타이완 사람들의 건강 , 사업 등을 지켜주는 수호신이 되었고 , 타이완 사람들이 가장 신뢰하는 민간신이 되었다 . 마주는 큰 마주 (大媽), 둘째 마주 (二媽) 와 셋째 마주 (三媽) 로 나뉘어 섬겨지기도 하는데 이들은 마

신들

주의 분신이라고 볼 수 있다.

　타이완에서 마주를 모시는 절은 대략 147 개가 있다. 매년 3 월에 마주와 관련된 행사가 다양하게 열리는데 그중 따쟈마주순례퍼레이드 (大甲媽祖繞境) 는 세계적으로도 유명한 문화축제다.

　관세음보살은 타이완 불교와 도교 신자들이 공통적으로 모시는 신이다. 한국의 관세음보살은 수염이 있는 남성으로 묘사되지만, 타이완에서는 여성의 모습으로 묘사되고 있다.

　월로 (月老) 는 월하노인 (月下老人) 으로 알려진 유명한 신으로 남녀의 혼인을 관리하는 신이다. 여자 혹은 남자 친구를 사귀려는 사람들은 월로에게 소원을 빌면 운명의 붉은 실 (紅線) 을 받게 된다.

5.3 절 축제

　　타이완의 절은 천 곳이나 넘고 절마다 크고 작은 행사나 축제들이 있다. 그중에 타이중의 따쟈마주순례퍼레이드(大甲媽祖遶境)가 가장 유명하다. 따쟈마주순례퍼레이드는 7박 8일 동안 진행되는 큰 축제로 2011년 타이완 정부는 따쟈마주순례퍼레이드를 '국가 중요 민속 활동'으로 선정하였다. 디스커버리(Discovery) 채널 역시 이 축제를 세계 3대 종교 축제 중 하나로 선정한 바 있다.

　　따쟈마주순례퍼레이드는 본래 따쟈 쩐란궁(大甲鎭瀾宮)의 대규모 행사였는데 2011년에 '타이중 따쟈마주 국제관광 문화제(臺中市大甲媽祖國際觀光文化節)'로 명칭을 변경하였다. 매년 위엔사오절에 순례의 날짜를 정하

마주순례

절 축제

마주순례가마

맨발로 숯불 건너기

며, 순례 코스는 따쟈 쩐란궁에서 마주 성상을 들고 신강펑티옌궁 (新港奉天宮) 으로 가지고 가는 것으로 시작하여, 마주가 신력을 회복하면 그 후에 다시 따쟈 쩐란궁으로 돌아오는 것이다. 순례는 보통 마주의 생신인 음력 3 월 23 일쯤부터 약 7 ~ 9 일 동안 진행되며 순례 거리는 대략 330km 이고, 축제 참가자 수는 2019 년 통계 기준으로 자원봉사자들을 포함한 약 200 만 명 정도이었다. 순례가 진행되는 동안 거리는 형형색색의 고운 장식으로 꾸며져 있고, 주변에는 음식이나 물을 나눠주는 노점이 펼쳐져 있다. 사람들의 열기로 가득해서 축제 분위기는 한층 고조된다. 마주를 태운 가마 밑을 통과하는 것은 행사에서 중요한 의식 중 하나로 가마 밑을 통과하는 사람은 마주의 수호를 받을 수 있다. 가끔 마주에게 무릎을 꿇고 자신의 아픈 아이를 구해 달라는 사람들도 있는데 이런 경우에 순례 중인 마주는 당장 행차를 정지한 후 소원을 들어주기도 한다. 마주에게 치료를 받은 아이가 건강해졌다는 신기한 이야기도 종종 들려온다.

　　따쟈마주순례 외에도 절마다 자신들의 고유 축제가 열린다. 신의 탄생일을 기념하기 위해 개최되는 축제들은 저마다 다른 특색이 있다. 예를 들어 '챵구 (搶孤)'라는 기둥 등반 민속놀이, 맨발로 숯불 건너기 (赤腳踏火) 등은 유명한 절 축제 중 하나이다.

타이완의 절은 신앙이자 문화의 상징이다. 지방의 경우 절은 마을 사람들이 모여 쉬는 장소이며 중대한 일을 논의하는 장소이기도 하다. 지방에서 절 축제를 성대하게 열기 위하여 마을 사람들이 협심하는 모습은 타이완의 아름다운 문화이다. 도시에 있는 사당들도 도시 사람들을 뭉치게 하는 중요한 역할을 맡고 있다. 그래서 절은 단순하게 종교를 의미하는 곳이 아닌 타이완 사람들의 정서이자 타이완의 고유문화를 보여주는 곳이다. 타이완 사람들이 어려움에 처했을 때 신에게 도움을 청하는 행동은 정신적인 의지이자 마음의 안정을 얻기 위함이라고 볼 수 있다.

제 6 장

금기 문화
禁忌文化

禁忌文化

臺灣有不少文化禁忌，例如送鐘等於送終、送傘或扇子代表分離、送鏡子表示破鏡難圓、送刀子或剪刀表示一刀兩斷、送梨子會分離、送手帕代表死別、送鞋子則有給人穿小鞋或要趕走人的意思，這些都是臺灣人的禁忌，送禮時要特別注意。

臺韓兩國對於數字 4 都有不吉祥的連想，所以會盡量避免，臺灣尤是，所以醫院電梯會將 4 樓改為 F 樓。臺灣人最喜歡的數字莫過於 6、8、9，「六六大順」、「一路發（168）」、「長長久久」等都是和數字有關。和數字有關的禁忌還有紅白包，紅包不能是單數，白包則不能是雙數。另外，韓國結婚禮金只用白色的信封，切記在臺灣不能拿來包禮金給朋友。

在臺灣使用筷子有很多禁忌，例如，筷子不能插在飯碗上、不能用筷子敲打碗或桌子、筷子不能放入口中吸允並發出聲音、不能用筷子指人等，這些都是要注意的禮節。

除夕和春節有很多禁忌，例如，掃地不能往外掃、不能哭、嫁出去的女兒不能在初一回娘家、過年前要把債務還清、除夕夜不能洗衣服⋯⋯。因為初一是一年的第一天，要討個好彩頭，所以禁忌特別多。

금기 문화

∙∙∙

한국을 포함한 동아시아권 국가들은 유교의 영향을 받아서 그런지 금기 문화에 유사한 점이 많다 . 그럼에도 여전히 나라마다 차별화된 독특한 금기 문화가 있다 . 이번 장에서는 선물 , 숫자 그리고 중국어 발음과 관련된 금기 문화를 비롯하여 섣달그믐날과 설날에 꺼리는 일 등에 관한 여러 가지 금기 문화를 소개한다 .

6.1 선물과 관련된 금기 사항들

(1) 시계 - 장례를 치르는 送終

타이완과 같은 중화권 국가에서는 지인에게 선물로 보내는 것을 금기시하는 물건이 있다 . 그중 가장 대표적인 것은 시계와 우산이다 . '시계'는 중국어로 '時鐘'인데 '鐘 (종)'의 발음이 '끝'을 뜻하는 '終 (종)'과 같다 . 말하자면 , '시계를 보낸다 (送鐘 , 송종)'는 '장례를 치른다'라는 중국어 단어 '送終 (송종)'과 발음이 같기 때문에 시계는 선물하기에 적절한 물건이 아니다 . 비슷한 이유로 '우산'의 '산 (傘)'과 '부채'의 중국어는 '扇 (산)'은 '헤어지다', 또는 '흩어지다'를 나타내는 '散 (산)'과 발음이 같기 때문에 타이완에서는 우산과 부채를 지인에게 선물하는 것을 기피한다 .

(2) 신발 - 사람을 보내거나 악을 뜻하는 시에 (邪)

신발은 중국어로 '鞋 (시에)'라고 발음하는데 이 발음에는 많은 뜻이 담겨 있다 . 첫 번째로 '鞋'는 '사람을 보낸다'는 뜻으로 해석된다 . '사람을 다른 사람에게 보낸다'는 해석은 특히 연인 사이에 적용되는 경우가 많은데 , 많은 사람들은 연인에게 신발을 선물하면 연락이 끊기거나 헤어질 것이라고 믿기 때문에 연인 사이에 신발은 절대 선물하지 않는 물건이다 . 또 다른 뜻으로 신발의 중국어 발음 '시에'와 사악을 뜻하는 글자 '邪 (시에)' 의 발음이 같아서 신발을 다른 사람에게 선물하면 상대방에게 나쁜 운을 보낸다는 뜻으로 해석된다 . 또한 중국어로 '穿小鞋 (추안시아오시에)'라는 말은 '작은 신발을 신게 한다'는 말로 남을 골탕 먹이거나 괴롭힌다는 뜻이다 . 따라서 지인에게 나쁜 운을 보내지 않기 위해 타이완인들은 신발을 선물하지 않는다 .

(3) 거울 - 포경난원 (破鏡難圓)

거울은 깨지기 쉽고 깨어지면 회복이 불가능하다는 '破鏡難圓 (포징난위안)'이라는 뜻이 있고 , 또한 거울로 자기의 얼굴을 잘 보라는 잘 반성하라는 뜻도 있다 . 이 두 가지는 모두 부정적인 뜻이기에 거울도 역시 선물하는 것을 꺼린다 .

(4) 칼이나 가위 - 일도양단 (一刀兩斷)

칼이나 가위는 날카롭기 때문에 다른 사람을 해치거나 위협하는 것을 의미하고 '단호하게 관계를 끊다'는 사자성어인 '일도양단 (一刀兩斷)'이 연상되기 때문에 선물로 적절하지 않은 물건이다 .

(5) 손수건 - 생리 사별 (生離死別)

손수건은 타이완어로 '手巾 (츄긴)'이라고 하는데 , 여기서 '巾 (긴)'의 타이완어로 뿌리를 뜻하는 '根 (긴)'과 발음이 같다 . 때문에 '送巾 (손수건을 선물한다)= 斷根 (관계를 끊는다 .)'은 손수건을 선물하는 것은 관계를 영원히 끊는다는 뜻이다 . 그래서 과거에는 장례식장에서 상주가 방문하는 손님들에게 손수건을 나누어 줬는데 이는 죽은 사람과 작별하라는 뜻이었다 . 따라서 살아 있는 사람들에게 손수건을 선물하는 것은 불길한 의미로 이 역시 대표적인 금기 사항이다 . 오늘날 많은 장례식장에서는 손수건 대신 수건을 손님들에게 나누어 주는 데 이 역시 손수건의 의미와 일맥상통한다 .

(6) 넥타이 , 허리벨트 - 붙잡아 매다

남자친구나 남편이 아닌 외간 남자에게 넥타이나 허리 벨트를 선물하는 것은 금기시된다 . 중국어로 넥타이나 허리 벨트는 '묶다 , 매다'라는 뜻으로 붙잡아 맨다는 의미를 나타내기 때문에 오해하기 쉬운 선물이다 .

(7) 배 - 헤어질 리 (離)

연인과 과일 배를 나눠 먹으면 헤어질 수 있다는 미신이 있으며 중국어로 '分梨 (배 나누기)= 分離 (헤어지기)'는 같은 발음 (즉 펀리) 이기 때문에 병문안을 갈 때도 과일 선물에서 배는 포함하지 않는다 .

6.2 숫자에 대한 금기문화

6.2.1 숫자와 관련된 금기 사항

각 나라마다 숫자와 관련된 금기 문화들이 있다 . 서양에서 숫자 13 을 꺼리는 것처럼 , 중화권에도 숫자와 관련된 금기 문화가 많다 . 먼저 한국과 마찬가지로 타이완에서도 숫자 4 는 '죽을 사 (死)'의 발음과 같기 때문에 많은 장소에서 숫자 4 를 쓰지 않는다 . 예를 들어 병원의 엘리베이터는 4 층의 표시가 아예 없거나 F 층으로 대신하여 사용한다 . 또한 많은 사람들은 4 층에 있는 집을 사지 않으려고 하며 4 층에 위치한 집들은 다른 층보다 조금 저렴한 경우도 있다 . 이처럼 중화권에서는 부정적인 단어나 그 단어의 발음과 비슷한 숫자들을 꺼리는 금기 문화가 있다 .

병원의 엘리베이터 4 층이 없다

병원에 4 층이 없다

6.2.2 선호되는 숫자

좋은 의미를 나타내는 숫자도 많은데 대표적인 숫자들로 6, 8, 9 가 있다. 숫자 6 은 '순조롭다'를 의미하는 '육육대순 (六六大順)'과 발음이 같으며, 숫자 8 은 '돈을 벌다'나 '발전이 잘 되다'라는 의미를 나타내는 '발 (發)'의 발음과 비슷하고, 숫자 9 는 '오래, 길다'의 뜻을 나타내는 '구 (久)'와 발음이 같아 중화권 사람들은 이 세 가지 숫자를 가장 선호한다. 타이완에서는 차량 번호나 핸드폰 번호를 돈으로 구매할 수 있기 때문에 '8888'이나 '9999'라는 번호도 가끔 발견할 수 있다.

숫자 7 은 영어 'lucky 7'에서 유래되어 한국에서 행운의 숫자라는 이미지를 갖고 있는데 타이완에서도 젊은 사람들이 선호하는 숫자이다. 또 요즘 젊은 세대들에게는 숫자를 코드로 이용해 쓰는 것이 유행이다. 예를 들어 숫자 520(우어링) 은 '我愛你 (워아니, 사랑한다)'의 발음과 유사하며, 숫자 1314(이싼이쓰) 는 '一生一世 (이성이쓰, 일생일세)'와 같은 발음이며, 숫자 88(빠빠) 은 'bye bye'와 비슷한 발음으로 알려져 있다. 숫자 78(치빠) 은 타이완의 욕과 발음이 같기 때문에 상대방을 비하할 때 사용되기도 한다. 이런 숫자들은 직관적이고 재미있기 때문에 젊은 세대들이 많이 사용하고 있다.

6.2.3 세뱃돈, 축의금, 부의금과 숫자

숫자에 대한 금기는 세뱃돈, 축의금, 부의금 (조의금) 을 위한 금액에도 영향을 미쳤다. 타이완에서는 세뱃돈과 축의금은 4 를 배제한 짝수인 2, 6, 8 로 맞춰서 내야 하는데 이는 중국어로 '좋은 일은 쌍으로 변한다 (好事成雙)'는 말과 통한다. 반면, 부의금은 홀수로 내야 하는데 장례나 나쁜 일이 빨리 끝나기를 기원하는 의미가 있기 때문이다. 축의금이나 부의금의 액수는 한국과 같이 타이완에서도 상대방과의 친밀도에 따라 다르게 결정된다. 하지만 타이완의 축의금 액수는 예식장의 참석 여부, 피로연이 열리는 장소, 그리고 피로연에 참석하는 인원수와도 연관이 있다. 예를 들어 피로연에 참석한다면 1 인당

홍바오의 숙자

최소한의 축의금 액수는 2,000NTD 정도가 예의이며, 부의금의 최소 금액은 1,100 NTD 이다.[1] 세뱃돈을 줄 때도 역시 축의금과 마찬가지로 짝수 금액으로 주며 한국에서처럼 3,000NTD 이나 5,000NTD 등 홀수로 맞추어 주지 않는다.

위에서 축의금과 부의금의 액수와 관련된 금기 사항을 언급해 봤는데, 여기서는 축의금 봉투와 관련된 금기 사항을 살펴보고자 한다. 한국에서는 흰색을 선호해서 축의금과 부의금 등의 돈을 집어넣는 봉투는 보통 흰 봉투를 사용하지만 타이완에서는 조의금을 낼 때만 흰 봉투를 사용한다. 반대로 세뱃돈과 축의금을 줄 때는 복을 뜻하는 빨간색 봉투를 사용하며 이것을 중국어로는 홍바오(紅包)라고 부른다.

중화권에서는 빨간색은 경사스러운 일을 뜻하기 때문에 축의금이나 세뱃

---

1 한국의 물가상승률에 기반하여 보통 한국에서는 축의금과 부의금을 낼 때 5만원 이상을 내는 경우가 많지만 타이완에서는 축의금은 홀수로 내지 않는 문화가 있다.

돈을 준비할 때는 반드시 흰색 봉투가 아닌 빨간색 봉투를 사용해야 한다는 사실을 명심해야 한다.

세뱃돈은 보통 빳빳한 새 화폐로 준비하는데 이는 옛 것을 보내고 새것을 맞이한다는 '거구영신(去舊迎新)'을 뜻한다. 따라서 설날 전에는 은행마다 새 화폐를 바꿔주는 서비스를 제공하며 특히 빨간색 지폐인 100NTD 짜리와 500NTD 짜리가 가장 인기가 많다. 이처럼 타이완 문화에서 빨간색은 매우 중요한 의미를 나타낸다.

6.3 젓가락 사용시의 금기

타이완과 한국은 모두 젓가락을 쓰지만 두 나라의 젓가락 문화는 차이점이 많다. 한국과 달리 타이완 젓가락의 모양은 원기둥꼴이고, 대나무로 만든 젓가락이 많이 쓰인다. 타이완에서는 흔히 볼 수 있는 예의 없고 금기시되는 젓가락질을 몇 가지 정리하여 설명하면 다음과 같다.

젓가락을 밥공기 위에 꽂으면 안 되는 금기가 존재한다. 이것은 제사 문화와 연관된 금기이다. 우리는 죽은 사람들에게 제사를 지낼 때 밥공기 위에 향을 꽂아 그들을 위로한다. 따라서 젓가락을 밥공기 위에 꽂는 것은 죽은 사람들을 위한 향

젓가락을 공기밥에 꽂는 것이 금기

이 연상되기 때문에 이런 행동 역시 금기시된다. 또한, 타이완에서는 식사할 때 그릇을 들고 밥을 먹는 것이 보편적이며 국을 먹을 때 소리를 내면 예의 없는 행동으로 인식된다. 젓가락으로 반찬을 뒤집거나 젓가락을 입에 빨고 소리를 내는 것은 예의 없는 행동이다. 또한, 젓가락으로 그릇이나 밥상을 두드리

는 짓은 거지의 행동으로 간주된다.

6.4 제석과 설날에 기피해야 할 일

한 해의 첫째 날인 설날을 잘 보내야 일 년을 잘 보낸다는 말이 있다. 따라서 섣달그믐날과 설날에는 하지 않아야 하는 금기 사항들이 많다.

혹시 다른 사람에게 돈을 빌렸다면 한 해의 마지막 날인 섣달그믐날까지는 꼭 빚을 갚아야 한다. 그렇지 않으면 새로운 한 해에도 궁핍(窮乏)해질 것이라는 이야기가 전해 온다.

섣달그믐 밤에는 빨래를 해서는 안 된다. 섣달그믐 밤에 빨래를 하면 설날 아침까지 옷을 말리지 못해 옷이 계속 젖어 있을 수밖에 없는데, 이렇게 하면 한 해 내내 안 좋은 일이 끊이지 않을 것이라는 이야기가 전해 온다.

설날에 빗자루로 거리를 쓸면 안 되는 금기 사항이 있다. 과거 조상들은 설날에 빗자루로 땅을 쓸면 올해 찾아올 좋은 운이나 재물이 함께 쓸려 나갈 것이라는 이야기를 전해 왔기 때문에 예로부터 조상들은 설날에는 되도록이면 빗자루로 땅을 쓸지 않았다. 꼭 청소를 해야 한다면 밖에서 안으로 쓸어야 했다. 그리고 설날에는 울면 안 되는 금기도 있다. 설날 아침부터 울면 일 년 내내 슬픈 일이나 안 좋은 일들이 생길 것이라는 이야기가 있기 때문이다.

설날 당일에는 시집간 딸이 친정집에 돌아오면 안 된다는 금기 사항도 있다. 설날 당일에는 시집간 딸이 친정집에 찾아오면 친정집의 가족들이 해를 입을 것이라는 미신이 존재했다. 하지만 오늘날 이런 금기를 지키는 사람들은 소수이다.

설날은 한 해의 시작이기 때문에 과거에 해서는 안 되는 금기 사항이 많았으며 지방마다 심지어 집집마다 자신들만의 금기 문화가 있었다고 사료된다.

무자 지남궁

6.5 기타 금기 문화

6.5.1 무자 (木柵) 지남궁 (指南宮)

타이완의 각 지방에도 나름대로 금기 문화가 존재한다 . 타이베이의 가장 대표적인 미신으로는 연인들이 타이베이시 무자 (木柵) 에 있는 지남궁 (指南宮) 을 방문하면 헤어질 거라는 것이다 . 지남궁은 뤼동빈 (呂洞賓 , 여동빈 , 당나라 팔선 (八仙) 중 한 명) 을 모시는 사찰이다 . 전설에 따르면 여동빈은 같은 팔선인 허시엔구 (何仙姑 , 하선고) 를 오랫동안 애모하였지만 허시엔구에게 자신의 마음을 거절당했다 . 그 후 뤼동빈은 지남궁을 방문하는 커플들을 보면 헤어지게 만들었다는 전설이 전해진다 . 이것은 하나의 전설이지만 팔선 (八仙) 의 이야기는 타이완 사람에게 잘 알려졌기 때문에 많은 사람들은 여전히 이러한 미신을 믿고 있다 .

타이완에는 많은 사찰이 있기 때문에 그와 관련된 금기도 많다 . 대표적인 금기로는 불상을 손가락으로 가리키면 안 된다는 것이다. 물론 불상뿐만 아니라 사람을 손가락으로 가리키는 것도 예의 없는 행동이다. 보통 상대방을 손가락으로 가리키며 이야기하는 것은 그 사람과 싸우거나 욕을 할 때 하는 행동이기 때문이다.

6.5.2 채식주의자와 소고기 기피하는 사람들

채식주의는 종교, 기원, 건강, 환경보호, 육류 비선호, 문화 등 여러 가지 이유로 고기와 생선이 아닌 채소로 만든 음식만을 섭취하는 사람들을 일컫는다. 타이완의 채식주의자들 역시 동물성 식품을 전부 먹지 않고 밀가루, 두부 등의 식물성 재료로 만든 음식만을 섭취한다.

한국농수산식품유통공사의 연구 내용에 따르면 타이완의 채식 인구 비율이 인도에 이어 전 세계에서 두 번째로 높은 것으로 나타났다. 현재 타이완 전 지역에는 채식주의자를 위한 식당만 약 6,000 개가 운영 중이다. 일반 식당에서도 채식주의자를 위한 음식이 항상 따로 준비되어 있으니 타이완은 채식주의자들이 생활하는 데 편리한 나라이며 심지어 직장 동료들과 회식하는 데에도 아무런 불편이 없다.

타이완에 채식주의자가 많은 원인으로 종교를 손꼽을 수 있다. 종교인들 중에는 자신이 비는 소망이 이루어지기 전까지 채식만 하겠다고 결심하는 사람들이 있다. 그리고 음력 1 일과 15 일에 채식을 행하는 사람들도 많은데 이런 행동들 역시 신앙이나 종교 기원과 연관이 있다. 하루의 시작인 아침을 채식으로 먹는 사람들이 있는데 이런 사람들은 전날 저녁 10 시 이후부터 이튿날 아침 10 까지 동물성 식품을 섭취하지 않는디.

소고기를 좋아하는 한국 사람에게 타이완에서 소고기를 기피하는 사람이 많다는 사실은 의외라고 여겨질 것이다. 고기 중에서도 소고기를 안 먹는 이유는 과거 농업 시대 때부터 내려온 문화 의식과 연관이 있다. 과거 농업 시대에는 농사를 짓기 위해 소가 꼭 필요했고 사람들은 매일 소와 함께 일하면서 정이 들었기 때문에 소를 먹는 것을 기피하였다 . 오늘날 많은 사람들이 자신이 키우는 강아지를 형제나 자식처럼 여기며 개고기를 안 먹는 이유와 비슷하다 .

6.5.3 기타

이외에도 흔히 들리는 금기시되는 것을 참조로 정리해 보면 다음과 같다 . 이들은 금기문화보다 미신으로 보는 사람이 많다 .

· 호텔이나 여관 방에 들어가기 전에 문을 3 번 두드려야 한다 .

· 밤에 옷을 널면 안 된다 . 불길한 일을 초래할 수 있기 때문이다 .

· 여자는 월경이 올 때 향을 들면 안 된다 . 월경은 깨끗하지 않은 것을 상징한다 .

· 밤에 휘파람을 불면 안 된다 . 귀신을 부를 수 있기 때문이다 .

· 음력 7 월에 여행 , 이사 , 집 사기 , 결혼 , 수술 등을 하지 않는 것이 좋고 , 바닷가에 가면 물귀신에게 잡힐 것이니 가지 않는 것이 좋을 것이다 .

· 임신한 지 3 개월 내에 다른 사람에게 임신 사실을 말하면 유산될 수 있다는 설이 있다 . 임신 3 개월 이내에는 태아가 온전하지 않은 상태에 있으니 희신 (喜神) 이나 흉신 (兇神) 의 주목을 받아서 아이가 잘못 될 수도 있기에 말하지 않는 것이 좋다고 한다 .

新春好年

第七章

삼대명절과 풍속
三大節日及其風俗

三大節日及其風俗

　　臺灣有三大節日，春節、中秋節和端午節，其中春節和韓國中秋節可謂相當，都是最重要的節日。臺灣的春節多會有將近一週的連假，家人會從各地回家團圓、祭祖、掃墓。

　　在臺灣，過年前會大掃除，代表除舊布新，除夕當天會拜拜、貼春聯，晚上家人會聚在一起吃年夜飯、發紅包，最後守歲。而初一一早見面時會互道「恭喜」，這是和年獸的傳說有關聯。

　　韓國在中秋節時會吃「松糕 (송편)」，在臺灣則是吃月餅和柚子、烤肉或火鍋。雖然臺灣的中秋節只有一天的假日，但大家都會就近約親朋好友一起烤肉、賞月，月圓人團圓。

　　端午節則是吃粽子、划龍舟，據說是為了紀念屈原，韓國雖然也有端午節，但風俗完全不一樣。臺灣端午節當天會拜拜，會把菖蒲掛在門口，以斬斷災厄；中午 12 點有立蛋活動，也會以午時水來洗臉或身體以去除災厄。

삼대명절과 풍속

타이완에서는 중추절 (中秋節 , 추석), 단오절 (端午節), 춘절 (春節 , 설날) 을 큰 명절로 여겨 이를 3 대 명절이라고 한다 . 이들 명절에 대해 일일이 소개해 보면 다음과 같다 .

7.1 중추절

추석은 중국어로 중추절이라고 부른다 . 중추절은 음력 8 월 15 일로 춘절 , 단오절과 더불어 중화권 3 대 명절 중 하나이다 . 과거 주 (周) 나라 때부터 사용되었다고 알려진 24 절기에 따르면 가을을 알리는 입추부터 입동까지 7, 8, 9 월을 절기상 가을로 분류하고 있는데 그중 8 월은 가을의 둘째 달로 , 음력 8 월 15 일인 추석은 정확하게 8 월의 중간에 위치하기 때문에 , 중국어로 가을의 중간을 의미하는 중추절로 불리게 되었다 .

중추 (中秋) 라는 말은 일찍이 유가 경서 (儒家經書) 인 주례 (周禮), 예기 (禮記), 월령 (月令) 에서 최초로 "가을 한가운데 위치한 달에 노쇠한 늙은이를 봉양하여 죽을 만들어 드시도록 한다 (仲秋之月養衰老 , 行糜粥飲食)." 라고 거론된 것에서 유래하였다 . 중추는 원래 仲秋라고 표기되었으나 후대에 와서 中秋로 바뀐 것이 아닐까 사료된다 .

중추절의 기원은 크게 두 가지로 나누어진다 . 첫째 , 오경 (五經) 의 하나인 예기 (禮記) 에 따른 것이다 . 예기에는 "천자는 봄에 해에게 제사 지내며 가을에는 달에게 제사를 드린다 (天子春朝日 , 秋夕月)." 라고 하였다 . 석월 (夕月) 이라는 말은 달에 제사를 한다는 뜻인데 이것으로 춘추 시기부터 황제가 달에 제사를 드리기 시작했다는 사실을 알 수 있다 . 이 내용은 후에 귀족 관리들과 문인 학사들에게도 전해져 행해졌고 , 점차 민간으로 퍼져나갔다 .

추석과 상아

둘째, 농업 생산과 관련된 전설이다. 가을은 농작물을 수확하는 계절로 이를 추수 (秋收) 라고 한다. 음력 8 월 중추에는 농작물이나 각종 과일 등 한해 동안 힘들여서 기른 농작물을 잇따라 수확한다. 농민들은 곡식이 익어가고 추수하는 것을 축하하기 위해 음력 8 월 15 일, 중추를 기념일로 정하게 되었다.

7.1.1 전설

(1) 상아 (嫦娥) 와 후예 (后羿)

중추절과 관련된 대표적인 전설로는 상아와 후예의 이야기가 있다. 간략하게 요약하면 약 4 천여 년 전에 하늘에 열 개의 태양이 떠올라 대지를 뜨겁게 불태우면서 백성들은 살 도리가 없었다. 그때 양궁이 특기인 후예라는 사람이 곤륜산 (昆侖山) 정상에 올라가 신궁 (神弓) 으로 아홉 개의 태양을 쏘아 하늘에서 떨어뜨렸고, 꼭 필요한 한 개의 태양만 남겨 두었다. 백성들은 후예를 존경하게 되었고, 후예는 그 공로로 왕이 되었다. 또 아름답고 선량하다고 알려진 여인인 상아와 혼례를 올렸다. 하지만 왕이 된 후예는 성격이 포악해지고 백성들을 수탈하였기에 백성들은 다시 도탄에 빠지게 되었다. 어느 날 후예는 하늘나라 왕후인 서왕모(西王母)에게 불사약(不死藥)을 복용하면 신선이 되어 하늘로 올라갈 수 있다는 말을 들었다. 후예는 불로장수를 꿈꾸며 약을 복용하려 했지만 상아는 후예의 계획을 막기 위해 이 불사약을 먼저 삼켜 버렸다. 약을 삼킨 상아는 곧바로 땅에서 멀어지더니 달로 훨훨 날아갔고 '월신(月神)'이라는 신선이 되었다. 백성들은 상아가 신선이 되어 달의 월궁(月宮)에 있다는 소식을 전해 듣고, 달 아래 제사상을 차려서 상아에게 복을 빌었다. 그때부터 민간에서는 중추절에 달을 향해 절을 하는 풍습이 생겼다는 전설이다.

(2) 월병의 유래 (月餅的由來)

병원의 엘리베이터 4층이 없다

타이완 중추절의 대표적인 풍속으로는 제사, 달 구경, 월병과 유자(柚子, 요우즈) 먹기, 바비큐(BBQ) 하기 등이 있다. 한국에서 추석에 송편을 먹는 것처럼 중화권에서는 중추절에는 월병을 먹는 풍습이 있다. 중추절에 월병을 먹는 풍속은 원나라 말기부터 시작되었다고 전해진다. 당시 한족들은 원나라의 오랜 지배에서 벗어나고자 주원장(朱元璋)을 중심으로 원을 전복할 계획을 세웠다. 원을 무너뜨리기 위해서는 한날한시에 여러 거점에서 동시다발적으로 거사를 일으켜야 하지만 이런 내용들을 전달할 적당한 방법을 찾지 못했다. 국사인 유백온(劉伯溫)은 고심 끝에 '8월 15일 밤에 거사'라는 종이를 둥근 과자 속에 집어넣고 이 과자들을 각 지역의 반란군에게 보냈다. 과자를 먹기 위해 속을 가른 반란군들은 그 안의 종이 내용을 발견하게 되었고, 한날한시 여러 거점에서 동시에 거사를 일으켜 결국 원나라를 무너뜨렸다.

거사가 성공한 후, 주원장(朱元璋)은 신하들에게 혁명 메시지를 효율적으로 전달했던 둥근 과자를 하사하였다. 그 후부터 중추절에 친구나 직원들에게 월병을 선물로 주는 풍습이 시작되었다고 전해 온다.

7.1.2 풍습

(1) 달구경

중추절에 뜨는 달은 더 크고 둥그래서 유독 더 밝아 보인다. 이와 관련된 중국어로는 '月圓人團圓(위에위엔런투안위엔)'이 있다. 이 말은 "둥근 달처럼 가족들도 더욱 화목해진다."라는 뜻이다. 예로부터 중추절에는 가족들이 다 같이 한 집에 모여 식사를 하고, 달을 구경하면서 화목한 시간들을 보냈다. 하지만 달을 구경할 때 달을 손가락으로 가리키면 '월신(月神)이 하늘에서 내려와 귀를 자른다'는 다소 무서운 전설을 듣게 된다. 물론 이는 하나의 전설이지만 누구든 손가락으로 대상을 가리키는 행위는 예의 없는 행동이기 때문에 당시 어른들이 아이들에게 예의를 가르치기 위해 일부러 겁을 주고자 만들었던 이야기로 사료된다.

(2) 월병 먹기

위에서 언급했듯이, 월병은 과거 한족이 이족(異族)의 통치를 거부하고 혁명을 일으키기 위한 수단이었다. 하지만 오늘날 추석에 월병을 먹는 것은 중추 투안위엔(團圓)의 의미, 즉 가족들의 단결과 원만함을 뜻하는 의미이다. 중추절에 달에 제사를 지내며 가족들이 함께 모여 이야기를 나누면서 달처럼 둥글게 생긴 월병을 먹는 풍습은 이미 중화권 중추절의 대표적인 문화로 자리 잡았다.

(3) 제사

중추절에는 일반적으로 집에서 조상들에게 제사를 지낸다. 중추절에는 조상에게 삼생(三牲)과 삼소(三素)를 올린다. 삼생(三牲)이란 닭고기,

돼지고기와 생선 등 3 가지의 고기를 뜻하며 , 삼소 (三素) 는 3 가지의 과일을 말하는 것이다 . 그러나 오늘날에는 조상에게 제사를 지내는 풍습이 많이 없어졌고 특히 도시에서는 조상에게 제사를 지내는 사람들을 찾아보기 힘들다 . 이에 비해 한국에서는 추석 때 가족들이 모여서 제사를 모시는 풍습을 잘 지켜오고 있다 .

(4) 바비큐 (BBQ)

과거 농경 사회였던 동아시아 국가들이 공통적으로 쇠는 명절인 추석은 각 나라마다 명절을 보내는 모습이 조금씩 다르다 . 그중에서도 추석에 가족들 또는 친구들과 야외에서 바비큐 파티를 하는 것은 타이완에만 있는 특색 있는 추석 문화이다 . 하지만 타이완의 중추절에 하는 바비큐 파티는 과거부터 전해지던 전통문화가 아니다 .

대다수 타이완 사람들은 '완쟈샹 (萬家香)' 이라는 간장 공장이 1967 년 자신들의 상품 브랜드를 홍보하기 위해 제작한 '이쟈 카오로우 완쟈샹 (一家烤肉萬家香)' 이라는 광고로부터 영향을 받아 중추절에 바비큐 파티를 여는 문화가 시작되었다고 알고 있다 . 하지만 리페이윈 (李珮雲 , 2016) 의 주장에 따르면 당시에는 완쟈샹이 바비큐 소스를 만들기 전이며 중추절에 바비큐 파티를 하는 풍습도 없었다고 한다 .

바비큐

그렇다면 중추절의 바비큐 파티는 언제부터 시작되었을까 ? 그 근거로 1982 년

10 월 3 일의 민선바우 (民生報) 신문기사에서 힌트를 찾을 수 있다 . 기사에 따르면 중추절에 바비큐 파티를 하는 문화는 신주 (新竹) 에서부터 시작되었다고 전해진다 . 당시 신주의 주력 산품 중의 하나는 로스터였는데 불경기 때문에 로스터의 수출 실적이 저조하자 당시의 로스터 생산 회사들은 주력 시장을 국내로 옮겨 판매하기 시작하였다 . 이때부터 중추절에 신주 곳곳에서 바비큐 파티를 여는 사람들을 쉽게 볼 수 있었다고 한다 .[1] '완쟈샹'의 바비큐 소스는 1986 년에 이르러서야 처음으로 판매되었고 , 또 다른 간장 회사인 '쩐란 (金蘭)'은 1989 년에 바비큐 소스 광고를 제작하였다는 사실로 미루어 보아[2] 중추절에 바비큐를 하는 문화는 1982 년 이후에 시작되었다고 추측된다 .

중추절에 바비큐 파티를 하는 타이완의 문화가 언제 , 어디서 유래되었는지 명확한 근거를 찾기는 어렵지만 한국의 빼빼로 데이가 특정 회사에서 자사의 제품을 판매하기 위한 목적으로 만들어진 기념일인 것처럼 타이완의 중추절 바비큐 문화는 역시 기업의 상업 목적에 의해 만들어진 문화라고 보는 것이 가장 설득력이 있다 .

(5) 요우즈 (柚子) 먹기

한국에서 추석에 송편을 먹는 것처럼 타이완은 중추절에 월병과 요우즈를 먹는다 . 둥글게 생긴 요우즈는 가족들이 화목하고 단란하게 시간을 보내는 것을 뜻한다 . 요우즈는 보통 중추절에 가족들이 한데 모여 훠궈 (火鍋) 를 먹거나 바비큐를 먹고 나면 후식으로 먹는다 .

1　李珮雲 (2016.09.15), 「中秋節烤肉由來跟烤肉醬廣告有關？誤會大了」, https://www.chinatimes.com/amp/hottopic/20160915003696-260804
2　필자가 어렸을 때는 중추절에 대부분의 가정에서 훠궈 (火鍋) 를 먹었는데 1986 년 이후부터 타이베이에서 중추절에 바비큐 파티를 하는 사람들을 발견하게 되었고 그 후 중추절에 바비큐 파티를 하는 활동이 있다는 사실을 알게 되었다 .

요우즈와 월병

7.2 단오절

　　음력 5 월 5 일은 중화권의 단오절이다 .
한국에서도 단오제를 지내지만 중화권의 단오
절만큼 중요한 명절은 아니다 . 타이완에서 단
오절은 중추절 춘절과 함께 가장 중요한 3 대
명절로 국정 공휴일로 지정되었다 . 타이완에
서는 단오절에 쫑즈를 먹고 , 용선 (龍舟 , 뱃
머리에 용머리를 장식한 배) 을 젓는 경기가
열린다 .

쫑즈

7.2.1 전설

　　앞서 제 2 장 음식 편에서 단오절에 쫑즈
를 먹는 문화와 취위엔의 전설이 무관하다는

용선

사실을 밝힌 바 있다. 하지만 아직까지 민간 신화와 아동용 교육서에는 취위엔이 멱라강 (汨羅江) 에 투신한 것과 쫑즈를 먹는 것이 관련 있다고 언급하고 있다. 취위엔의 스토리가 사람들에게 쉽게 받아들여지고 있기 때문에 이러한 전설은 여전히 사람들의 입에서 입으로 전해지고 있다.

7.2.2 풍습

단오는 뜨거운 여름을 맞이하는 첫 번째 명절이다. 여름이 되면 온도가 높아지고, 그로 인해 각종 질병이 쉽게 발생한다. 그렇기 때문에 옛사람들은 건강을 빌고 액을 막기 위하여 여러 가지 방법을 이용해 단오에 제사를 지냈다. 단오절에 쫑즈를 먹고 용선을 젓는 것 이외에도 사람들에게 알려지지 않는 타이완의 풍습들은 다음과 같이 정리해 볼 수 있다.

(1) 문고리에 쑥과 창포를 걸기

쑥은 예로부터 복을 불러오는 약초로 알려져 있다. 문고리에 쑥을 걸어두면 액을 피하고 집주인이 건강할 수 있다고 전해 온다. 창포는 그 모양이 보검 (寶劍) 과 같아 액을 없애주는 보검이라고도 한다. 따라서 문에다 창포를 걸면 액을 막을 수 있다는 전설이 있다.

(2) 정오에 달걀 세우기 (午時立蛋)

단오절 오후 12 시 정각에 달걀을 세우는 놀이가 있다. 단오절 정오에 달걀을 세울 수 있는 사람에게 행운이 찾아온다는 전설이 있기 때문에 단오절 정오에 달걀을 세우는 놀이가 시작되었다.

달걀 세우기

(3) 오시수 (午時水) 로 씻기

단오절 정오 무렵인 11 시부터 13 시까지는 한 해 중 양기 (陽氣) 가 제일 왕성한 때라고 여겨 이때의 물은 질병을 치유하고 액을 제거하며, 행운이 찾아온다고 보았다. 따라서 타이완 사람들이 단오절에 제사를 지낼 때는 반드시 오시수(午時水)를 만든다.

7.3 춘절

타이완에서 한 해의 시작인 설날은 가장 중요한 명절이라고 할 수 있다. 그렇기 때문에 휴일이 하루인 추석에 비해 타이완의 설날 연휴는 5 ~ 6일 정도이며 설날의 긴 연휴 기간에 사람들은 가족들과 모여서 함께 좋은 시간을 보낸다.

7.3.1 제석의 풍습

한국에서는 까치의 설날로 알려진 제석은 한 해의 마지막 날인 섣달그믐을 가리키는 용어이다. 한 해의 마지막 날인 만큼 이 날에는 꼭 해야 하는 일들이 매우 많다. 한 해의 첫 번째 날

장 보는 사람들

을 맞이하기 위해 섣달그믐날에는 집안을 대청소하고 시장에 가서 설 차례상에 올라갈 물건들을 구매한다. 섣달그믐날 점심에는 조상과 하느님에게 한 해를 잘 마무리했다는 감사 인사를 드리고 새해를 맞이하는 제사를 올린다. 이를 중국어로는 츠니엔(辭年)이라고 한다.

제사가 끝나면 제사상을 치우고 가족들은 함께 제사에 올린 음식을 나누어 먹는데 그중에 장니엔차이(長年菜)는 가족 모두가 꼭 먹어야 하는 야채이다. 장니엔차이는 '지에차이(芥菜)'라고도 부르는데 섣달그믐날에 먹으면 오래 살 수 있다고 전해진다. 저녁에는 가족들이 모여서 중국어로 니엔예판(年夜飯)이라고 부르는 저녁 식사를 함께 먹는다. 섣달그믐날에는 춘련(春聯)을 문에 붙이기도 하며, 밖에서 폭죽을 터뜨리기도 한다. 이에 관한 재미있는

이야기는 다음과 같다 .

7.3.2 맹수 '니엔 (年)' 의 전설

섣달그믐 밤인 제석에는 왜 춘련을 붙이고 폭죽을 터뜨리는 것일까 ? 왜 설에는 세배를 하고 세뱃돈을 주는 것일까 ? 그 유래는 무엇일까 ? 이와 같은 질문에 답하기 위해서 맹수 '니엔' 이라는 전설을 알아야 한다 . '니엔' 의 전설에 대한 내용들은 지방마다 조금씩 다르지만 공통적인 부분을 정리하면 다음과 같다 .

옛날 옛적에 '니엔' 이라는 사나운 맹수 가 있었는데 매년 음력 12 월 30 일에 마을에 나 타나서 사람을 잡아먹었다 . 어느 해의 섣달그믐 밤에도 '년' 은 사람을 잡아먹기 위해 한 마을 에 나타났다 . 하지만 갑작스럽게 펑펑 울려 퍼 지는 폭죽 소리에 깜짝 놀란 '년' 은 그대로 마

춘련 붙이기

새해 복 많이 받으세요 .

대청소

을 밖으로 도망쳤다. 그때부터 '년'이 폭죽 소리와 불을 무서워한다는 이야기가 전해졌고, 그 이후 사람들이 섣달그믐에 폭죽을 터뜨리고 문에 빨간 춘련을 붙이는 풍습이 생겼다고 한다.

　또한 섣달그믐 밤에 '년'에게 잡아먹히지 않고 무사히 살아 있다는 사실을 감사하게 여기기 위하여 설날 아침에 사람들은 '꽁시꽁시(恭喜恭喜, 축하한다)'라며 서로 축하했다고 한다. 그때부터 설날 아침에 세배를 하는 문화가 만들어졌다고 전해진다.

춘련

7.3.3 대청소

　「여씨춘추(呂氏春秋)」에 의하면 중국의 요순(堯舜 : 약 BC 2 ～ 3 천년쯤) 시기부터 춘절에 대청소를 하였다는 기록이 남아 있다. 중국어로 먼지를 천(塵)이라고 발음하는데, 낡다(陳)의 'chen'과 발음이 같아 춘절에 대청소를 하는 것은 낡은 것을 없애고 새로운 것을 만든다는 의미를 내포한다. 이는 중국어로 '除舊布新 (추지오부신)'이라고 한다.

7.3.4 니엔예판 (年夜飯)

니엔예판은 투안위엔판 (團圓飯) 이라고도 부르며 섣달그믐 밤에 온 가족이 모여다 같이 저녁 식사를 한다는 의미이다. 이날 대부분의 타이완 직장인들은 일찍 퇴근을 해서 고향집으로 돌아가 가족들과 함께 지난 1 년 동안 자신에게 일어났던 여러 가지 이야기를 들려주며 풍성한 저녁 만찬을 즐긴다.

니엔예판

7.3.5 소우쉐이 (守歲)

소우쉐이는 섣달그믐 밤에 가족들과 함께 밤을 새우며 술과 음식을 먹는다는 의

세뱃돈

미이다 . 서진 (西晉 , 중국 왕조 265 년 ～ 317 년) 「풍토지 (風土誌)」에 이미 이와 관련된 기록이 남아 있다 . 이를 통해 섣달그믐날의 소우쉐이는 아주 오래 되고 중요한 풍습이라는 사실을 알 수 있다 .

7.3.6 세배와 홍바오 (紅包 , 세뱃돈)

새뱃돈은 음력 1 월 1 일 (初一) 아침부터는 부모님 , 친족 , 이웃 , 친구들 과 새해 인사를 나누는데 중국어로 빠이니엔 (拜年) 이라고 한다 . 새배를 할 때 홍바오를 주고받는데 홍바오란 세뱃돈을 빨간색 봉투에 넣어서 주고받는 문화를 뜻한다 . 세뱃돈은 보통 신권으로 주기 때문에 은행은 설 연휴 전에 미 리 다량의 새 지폐를 바꿀 수 있게 준비해 둔다 .

7.3.7 설날에 지내는 풍습

타이완 춘절 새해에 아이들이 가장 많이 부르는 동요 (童謠) 인 정월조 (正 月調) 는 타이완의 설 문화를 잘 나타낸다 .[3] 동요에 따르면 새해 첫날과 둘째 날에는 일찍 일어나고 새해 셋째 날에는 늘어지게 낮잠을 자며 새해 넷째 날에 는 신을 맞이하며 다섯 째 날에는 다시 일상으로 돌아가 힘차게 일을 한다고 한다 . 그래서 타이완은 설 연휴 기간을 5 일로 정했다 . 타이완의 설 연휴에 대 해 좀 더 자세하게 설명하자면 다음과 같다 .

새해 둘째 날 (初二): 결혼한 여자는 남편과 자녀들을 데리고 친정집을 방 문하여 친정 부모님께 인사를 드리고 함께 점심 식사를 한다 . 그렇기 때문에 매년 이 날은 타이완의 전국 고속도로가 상당히 정체된다 .

새해 셋째 날 (初三): 이날은 특별한 일이 없으면 늦게까지 늦잠을 잔다 . 대부분의 타이완 가정의 부모들은 자녀들을 데리고 가까운 여행지로 가족 여 행을 떠나기도 한다 .

새해 넷째 날 (初四): 하늘에서 내리는 신을 환영하기 위해 오후에 춘절 상

---

3 初一早、初二早、初三睏到飽、初四接神、初五隔開、初六挹肥、初七七元、初八原全、初九天公生、 初十吃食、十一請子婿、十二查某子轉來吃糜配芥菜、十三關老爺生、十四月光、十五是元宵暝。

과 폭죽을 준비해 집에서 환영식을 진행한다 . 이를 지이션 (接神) 이라고 한다 .

　새해 다섯째 날 (初五): 장사하는 사람들은 연휴를 끝내고 다시 상점의 문을 여는 날이다 . 대부분 회사원들도 이날부터 정상적으로 출근한다 . 이는 동요에서 거카이 (隔開 , 나눈다) 라고 표현한다 .

7.3.8 설 연휴기간 상점들의 휴업

　대부분의 상점들은 제석날 오후부터 설 연휴 기간 동안 문을 닫는다 . 설날은 새해의 첫 번째 날로 온 가족들과 함께 보낼 수 있는 유일한 시간이기 때문에 특별한 사정이 없으면 타이완의 대부분 상점들은 새해 넷째 날까지는 휴식을 취하며 새해의 다섯째 날부터 다시 영업을 시작한다 .

　하지만 설날 연휴 기간에 타이완의 많은 가정들이 여행을 떠나기 때문에 여행지의 상점들 , 야시장 , 식당 , 레스토랑과 호텔 등의 서비스업은 연휴 기간 동안 쉬지 않고 정상적으로 영업한다 .

7.4 휴일과 종교

　한국의 성탄절과 석가탄신일은 모두 종교와 관련된 공휴일이다 . 하지만 타이완은 종교와 관련된 날은 공휴일로 지정되지 않았다 .

　1982 년 10 월 29 일에 지정된 '기념일 및 공휴일 실시 방법 (紀念日及節日實施辦法)' 에 의하면 타이완의 기념일은 국정일 (國定日), 전통 기념일과 경축일 등 3 가지로 분류한다 . 그러나 현재 타이완의 국정일은 모든 날이 휴일은 아니다 .[4] 그중에 중요한 국정 기념일을 소개하면 다음과 같다 .

(1) 국정일 : 공휴일로 지정된 국정일은 개국 기념일 , 화평 기념일 , 국경일 (쌍십절) 이 있다 .

4　全國法規資料庫，「紀念日及節日實施辦法」，https://law.moj.gov.tw/LawClass/LawAll.aspx?p-code=D0020033

- 중화민국 개국 기념일 (中華民國開國紀念日) : 1 월 1 일
- 화평 기념일 (和平紀念日) : 2 월 28 일
- 청년의 날 / 혁명선열기념일 (青年節 / 革命先烈紀念日) : 3 월 29 일
- 석가탄신일 (佛陀誕辰紀念日) : 음력 4 월 8 일
- 스승의 날 (孔子誕辰紀念日공자탄생기념일) : 9 월 28 일
- 국경일 (國慶日) : 10 월 10 일
- 국부탄신기념일 (國父誕辰紀念日) : 11 월 12 일
- 제헌절 (行憲紀念日) : 12 월 25 일
- 국부서거기념일 (國父逝世紀念日) : 3 월 12 일

(2) 전통 기념일 : 전통 기념일은 원주민의 축제기념일을 제외하고 모두 공휴일이다 .

- 춘절 (春節)
- 민족성묘절 (民族掃墓節)
- 단오절 (端午節)
- 중추절 (中秋節)
- 제석 (除夕)
- 원주민의 축제기념일 : 각 원주민의 풍습에 따라 민속기념일을 지낸다 .

(3) 경축일 (節日)

- 여성의 날 (婦女節 , 부녀절) : 3 월 8 일
- 청년의 날 (青年節 , 청년절) : 3 월 29 일
- 어린이날 (兒童節 , 아동절) : 4 월 4 일
- 노동의 날 (勞動節) : 5 월 1 일
- 군인의 날 (軍人節) : 9 월 3 일
- 스승의 날 (教師節 , 교사절) : 9 월 28 일
- 광복절 (光復節) : 10 월 25 일

제 8 장

第八章

신기하고 독특한
타이완의 일상 문화
新奇又獨特的
臺灣日常文化

新奇又獨特的臺灣日常文化

　　文化差異的意義在於對外國文化感到新奇有趣，本章列舉幾個韓國人常提及的臺灣特有的文化。

　　等垃圾車讓韓國人大感不便；像樂透可兌獎的發票、萬能的便利商店令韓國人驚豔。韓國的便利商店密度世界第一、臺灣第二，但臺灣的便利商店功能之強大，令韓國人大開眼界，可繳各種費用、買票、影印、寄收宅配、也有現煮咖啡……。

　　在臺灣，師生像朋友，所以學生對老師用揮手來打招呼，這點讓韓國人感到新奇；「各付各的」的文化卻更讓韓國人覺得不可思議。

　　本書中特別介紹這幾年韓國人感到神奇的布袋戲，近年來的科技特效，讓布袋戲也從 2D 的掌中戲進入到 3D 的立體世界，吸引了很多韓國年輕人。

신기하고 독특한 타이완의 일상 문화

나라마다 자기 나라만의 독특한 일상 문화가 있다. 이번 장에서는 외국인, 특히 한국인에게 독특해 보이거나 신기하게 생각되는 타이완의 일상 문화를 정리해 보고자 한다.

8.1 타이완의 독특한 인사말들

한국에도 있는 문화이지만, 타이완인들은 길에서 친구나 이웃을 만났을 때 '去哪兒? (어디 가요?)' 또는 '吃飽了嗎? (밥 먹었어요?)'라는 말로 인사를 건넨다. 이런 말들은 '안녕하세요'와 같은 하나의 일상적인 인사말로 상대방이 지금 어디를 가는지 또는 밥을 먹었는지가 궁금해서 질문하는 것이 아니다.

처음 타이완을 방문한 한국인 학생들은 타이완의 수평적인 사제지간 관계를 보고 문화충격을 받는다. 특히 타이완 학생들은 선생님과 인사를 할 때 보통 가볍게 손을 흔들면서 인사한다. 고개를 숙이며 선생님에게 인사를 하는 한국의 인사법과 비교했을 때 그냥 손을 흔들며 '라오스하오 (老師好)', '빠빠이 (bye bye)'라고 인사하는 타이완의 인사법은 한국 사람들에게 예의 없어 보일 수도 있다. 그러나 이는 예의 없는 것이 아니다. 그 이유는 중국어에는 한국어처럼 존대법이 없고, 타이완 사회는 서양의 문화에서 많은 영향을 받았기 때문에 타이완의 대학생들과 선생님들은 비교적 친구처럼 가까운 관계를 유지하기 때문이다.

8.2 쓰레기를 버리는 법

대부분 아파트 단지에서 생활하는 한국인들은 아파트 단지 내 구비된 쓰

쓰레기 차

레기 분리수거장에 쓰레기를 갖다 버린다. 하지만 타이완은 쓰레기 분리수거장이 구비되지 않는 거주 지역이 훨씬 더 많다. 이런 경우에 타이완인들은 쓰레기차를 기다려서 직접 쓰레기를 버린다. 그래서 타이완에서는 정해진 시간에 거리를 돌며 쓰레기를 수거하는 쓰레기차를 종종 볼 수 있다.[1]

　　타이완의 쓰레기차들은 정해진 시간에 정해진 장소에 도착하며, '엘리제를 위하여' 혹은 '소녀의 기도'라는 곡을 통해 쓰레기차가 도착했다는 사실을 사람들에게 알린다. 사람들은 각 거주 지역의 정해진 장소에서 시간 맞춰 쓰레기차를 기다린다. 물론 타이완에 막 도착한 한국 사람들은 타이완에서 이와 같이 쓰레기 버리는 일을 번거롭다고 생각한다.

　　그러나 타이완 사람들은 이런 문화에 이미 익숙하며, 매일 정해진 시간에 쓰레기차를 기다리며 이웃집 친구들을 만나고, 이웃과 이야기를 나누는 이런 문화를 긍정적으로 생각하는 사람들이 많다. 매일 쓰레기를 버리기 위하여 잠시 짬을 내는 와중에 동네 친구들과 얼굴을 맞대고 얘기를 나눌 수 있는 시간이 주어지는 것을 일종의 작은 행복이라고 여기지 않을까 싶다.

　　타이완에서 쓰레기는 요일마다 수거하는 것이 다르다. 음식물 쓰레기와

1　다다 (2020.7.10), 대만 쓰레기 버리는 법
　　https://blog.naver.com/haodada_taiwan/222026426943

쓰레기 차를 기다리는 사람들

재활용 쓰레기차

재활용 쓰레기 역시 정해진 요일에 수거한다 . 타이베이시를 예로 들자면 , 월요일과 금요일은 폐지를 수거하고 화요일 , 목요일 , 토요일에는 유리병 , 캔과 병을 수거한다 .[2] 일반 쓰레기와 음식물 쓰레기는 노란색 차에 버리고 재활용 쓰레기는 흰색 차에 버리면 된다 . 자신의 거주 지역에 언제 쓰레기차가 도착하는지 정확한 시간을 모른다면 환경보호국 사이트나 휴대폰 앱에서 검색하면 된다 .

　미국의 뉴스 보도에 의하면 타이완은 세계 최고 수준의 쓰레기 재활용률을 자랑한다 . 타이완 통계청 (2020 년 기준) 의 자료에 의하면 일반 가정의 쓰레기 경우 재활용률이 61% 이상이다 .[3] 타이완의 총 인구는 2,300 여만 명으로 , 인구에 대비한 쓰레기 재활용 업체는 1,600 여 개인데 , 이 때문에 타이완의 쓰레기의 재활용률은 매우 높다 .[4]

2　환경보호국에서는 분리수거해야 할 재활용품으로 플라스틱 , 알루미늄 , 고철 , 폐지를 지정하고 있는데 지자체에 따라 조금씩 다를 수도 있다 .

3　行政院主計總處 (행정원주계총처) ，2020 年垃圾回收率
https://statdb.dgbas.gov.tw/pxweb/Dialog/viewplus.asp?ma=EP0105A1A&ti=%25A9U%25A7%25A3%25B2M%25B2z%25AA%25AC%25AAp-%25A6~&path=../PXfile/Environment/&lang=9&strList=L

4　타이완의 폐기물 관리법에 의하면 폐기물은 일반폐기물과 사업 폐기물로 분류하고 있다 . 일반 가정에서 배출되는 폐기물은 일반폐기물로 분류하며 , 사업장에서 배출되는 폐기물을 사업 폐기물로 분류한다 .
이길성 (2019.07.15), "한때 '쓰레기 섬' 대만은 어떻게 재활용 선진국 됐나", 조선일보 (2019.07.15),
https://biz.chosun.com/site/data/html_dir/2019/07/15/2019071500080.html?utm_source=naver&utm_medium=original&utm_campaign=biz

8.3 영수증 복권

탈세 방지와 재정 관리, 그리고 영업세법 수정 등을 추진하기 위해 1982년 5월 28일에 '통일발표급장방법 (統一發票給獎辦法)'을 제정하고 통이파피아오 (統一發票 , 영수증) 을 발행하기 시작했다.

파피아오

타이완 영수증, 즉 통이파피아오는 복권처럼 당첨금을 받을 수 있다. 그래서 타이완에 여행을 가서 편의점이나 가게에서 파피아오를 받으면 버리지 말고 꼭 챙겨 두어야 한다.

파피아오

파피아오는 두 달에 한 번씩 홀수 달 25일에 당첨 결과를 확인할 수 있다. 예를 들어 1 ~ 2월 파피아오는 3월 25일에, 3 ~ 4월 파피아오는 5월 25일에 당첨 숫자들이 발표된다. 인터넷의 공식 사이트나 휴대폰 앱에 '파피아오 두에쟝 (發票兌獎)'을 입력하면 당첨 여부를 확인할 수 있다. 파피아오에는 모두 8자리 일련번호가 있다. 당첨 금액은 총 8가지로 나누어지며, 순서대로 열거하면 다음과 같다.

- 특별 1등 (特別獎) : 여덟 자리 숫자 모두 일치 10,000,000NTD
- 특 1등 (特獎) : 여덟 자리 숫자 모두 일치 2,000,000NTD
- 1등 (頭獎): 여덟 자리 숫자 모두 일치 200,000NTD
- 2등 (2獎): 여덟 자리 숫자 중 끝에서부터 일곱 자리 숫자 일치 40,000NTD
- 3등 (3獎): 여덟 자리 숫자 중 끝에서부터 여섯 자리 숫자 일치 10,000NTD

- 4 등 (4 獎): 여덟 자리 숫자 중 끝에서부터 다섯 자리 숫자 일치 4,000NTD
- 5 등 (5 獎): 여덟 자리 숫자 중 끝에서부터 네 자리 숫자 일치 1,000NTD
- 6 등 (6 獎): 여덟 자리 숫자 중 끝에서부터 세 자리 숫자 일치 200NTD
- 보너스 6 등 당첨 (增開 6 獎): 여덟 자리 숫자 중 끝에서부터 세 자리 숫자 일
  치 200NTD

구체적인 예로 01234567 여덟 자리 숫자 중 끝에서부터 세 자리 숫자인 567 이 일치할 시 200NTD, 끝에서부터 네 자리 숫자인 4567 이 일치할 시 1,000NTD 를 수령할 수 있다 . 파피아오 당첨 확인 후 아래의 장소에서 당첨금을 수령할 수 있다 .

수령장소	상별
편의점 (7-11, Family mart, OK, Hi-Life) 췐렌 (全聯) 수퍼마켓 메이롄서 (美聯社) 편의점	5 등 (1,000NTD) 6 등 (200NTD)
신용합작사 (信用合作社) 농어회신용부 (農漁會信用部)	2 등 이하의 당첨금 클라우드 천원장
제일은행 (第一銀行) 장화은행 (彰化銀行) 농업금고 (農業金庫)	모든 등수 가능
재정부 앱 (클라우드)	클라우드장 전부 , 5, 6 등

위의 표에서 클라우드장이 보이는데 이것은 환경보호를 위해 따로 만들어진 깃이다 . 클라우드장은 종이 파피아오 없이 전자 파피아오가 핸드폰이나 신용카드 , 요요카드 등의 교통카드 내에 저장되고 , 나중에 당첨이 자동으로 확인되면 앱을 통해 알려주는 것이다 . 종이 파피아오와 달리 클라우드장은 8 개의 숫자와 두 개의 영문자가 모두 일치해야 당첨금을 받을 수 있고 , 당첨 금액은 500NTD, 2,000NTD, 100 만 NTD 등 3 가지로만 되어 있다 .

상금 수령 기한은 당첨 파피아오 일의 다음 달 6 일부터 3 개월 이내로, 위에서 언급한 장소에서 수령할 수 있다. 예를 들어 1 ~ 2 월의 파피아오는 3 월 25 일에 당첨 사실을 확인한 뒤 다음 달인 4 월 6 일부터 7 월 5 일까지 수령할 수 있다. 파피아오 뒷면에 있는 정해진 양식에 수령 금액과 주소, 연락처 등 개인 정보를 기입한 뒤 서명해야 한다. 당첨금을 수령할 시 파피아오를 제출한 뒤 수령인의 개인 정보를 증명할 수 있는 신분증인 거류증 혹은 여권을 제시해야 한다.[5] 클라우드장은 앱을 통해서 상금을 자동이체로 받을 수 있다.

統一發票兌獎
財政部

★★★☆☆ 5642

打開

재정부 앱

8.4 더치페이 문화

타이완에서는 식당에서 음식을 먹거나 음료를 먹은 뒤 각자 자신의 식사 비용을 지불하거나 나눠서 내는 더치페이 문화가 존재한다. 특히 젊은 세대들은 동년배들 식사할 때뿐만 아니라 선생님과의 식사 자리에서도 더치페이 문화를 준수한다. 물론 한국과 같이 나이가 많은 선배나 선생님과 같이 윗사람이 돈을 지불하

더치페이

는 경우도 있지만 보통 식사 후에는 더치페이를 하는 것이 일반적이다.

---

5 全國法規資料庫, 統一發票給獎辦法, https://law.moj.gov.tw/LawClass/LawAll.aspx?p-code=G0340083
財政部財史料陳列室, 統一發票相關史料, http://museum.mof.gov.tw/ct.asp?xItem=3693&ct-Node=35&mp=1

수업 시간 동안의 끼니를 때우기

8.5 수업 시간 동안의 끼니를 때우는 문화

한국인에게 또 다른 문화충격을 불러일으키는 타이완의 학교 문화로는 수업 시간에 끼니를 때우는 것을 꼽을 수 있다 . 한국에서는 수업 시간에 음식물을 섭취하는 것은 다른 학우들에게 피해를 주는 것은 물론 선생님을 존중하지 않는 행동이라고 여긴다 . 하지만 타이완에서는 수업 시간에 학생들이 음식물을 섭취하는 것이 보편적이다 . 이는 선생님을 존중하지 않아서가 아니라 타이완의 자오찬 (早餐 , 아침 식사) 문화로부터 영향을 받았기 때문이다 . 한국과 다르게 타이완 사람들은 보통 아침식사를 판매하는 식당인 자오찬디엔 (早餐店) 에서 아침을 구매하여 회사 사무실 혹은 교실에서 식사를 하는 것이 일반적이다 .[6] 대학생의 경우 , 오전 8 시나 9 시 수업에 많은 학생들이 교실에서 아침을 먹는다 . 점심시간 역시 마찬가지로 많은 학생들은 교실에서 식사를 해결한다 . 수업을 강의하는 교수들은 학생들이 교실에서 식사를 하는 것을 허락하지만 되도록 빠른 시간 안에 식사를 마치고 다른 학생들에게 피해를 주지 말라고 당부

---

6 《台灣連鎖店年鑑》의 통계에 의하면 2017 년 기준 타이완에 조찬 체인점은 10,394 개로 조찬집 1 개당 인구수 2,213 명이다 . 조찬 체인점의 분포 정도는 타이완의 편의점과 비슷하다 . (黃敬翔 , 2018.10.05 재인용)
https://www.foodnext.net/news/industry/paper/5616141169

편의점

한다 .

8.6 만능한 편의점

편의점에서 원두커피 팔기

한국과 타이완의 편의점 밀집도는 전 세계 1 위와 2 위를 차지하고 있다 . 한국 통계청의 자료에 의하면 2018 년 기준으로 편의점 1 개당 인구수는 1,205 명이다 . 타이완 경제부의 자료에 의하면 타이완 역시 2019 년 기준으로 편의점 1 개당 인구수는 2,058 명에 달한다 . 통계에 따르면 한국의 편의점 밀집도가 타이완보다 높지만 , 타이완의 편의점은 서비스의 편리성 , 상품 종류의 다양성 등에서 한국보다 더 낫다고 할 수 있다 . 타이완의 편의점은 음료 , 음식 , 원두커피 , 도시락 , 담배 , 생활 필수품을 파는 것 외에도 택배 수령과 반환 , 각종 공과금 납부 (공공요금 , 신용카드 , 학비 , 주차비 , 세금 , 보험금 포함), 공연 티켓 , 버스와 기차표 구매 , 복사 등이 모두 가능하다 .

이렇게 타이완의 편의점은 다양한 서비스를 제공하기 때문에 편의점을 이용하는 사람들의 숫자가 나날이 늘고 있다 . 타이완의 편의점 서비스 중 편의점에서 판매하는 원두커피를 언급할 필요가 있다 .

2004 년부터 타이완에서 가장 큰 편의점인 세븐일레븐 (7-11) 에서는 원두커피 'City Café' 를 판매하기 시작하였고 , 그때부터 타이완에서 커피를 마시는 문화가 만들어졌다고 볼 수 있다 . 주간지 통계 (2018) 에 의하면 2018 년 한 해 동안 세븐일레븐에서 판매된 원두커피는 3.5 억 잔에 달한다 . 또한 타이완 편의점 시장에서 2 위를 차지하고 있는 패밀리마트 (全家 , Family Mart) 도 1.2 억 잔 정도의 커피를 판매했는데 , 통계 자료를 통해 타이완에서는 커피를 구매하기 위해 편의점을 방문하는 사람이 상당히 많다는 사실을 알 수 있다 . 타이완 공평거래위원회 (公平交易委員會) 의 2020 년 산업조사 보고서에 의하면 2019 년 한 해 동안 1 인당 편의점 방문 횟수는 130 번이며 한 번 방문할 때마다 약 82.6 원을 소비한다고 한다 .[7]

8.7 부다이시 (布袋戲)

부다이시는 타이완의 민속 예술과 전통문화를 대표하는 인형극인데 한국 사람에게는 매우 생소할 것이다 .

부다이시의 한자 어원을 풀어보면 부다이 (布袋) 는 천으로 만든 자루를 뜻하며 희 (戲) 는 연극을 뜻한다 . 즉 인형 속에 손가락을 넣어 움직이는 인형극의 하나로 전 세계적에는 핸드 퍼펫 (Hand Puppet, 손 / 손가락 인형) 으로 널리 알려져 있다 . 인형의 머리와 손은 목재로 만들어졌고 그 외의 몸 부분들

---

7 公平交易委員會，「就 108 年全國主要連鎖便利商店業者進行產業調查，以有效掌握零售通路市況，深入掌握連鎖式便利商店競爭情形」: https://www.ftc.gov.tw/internet/main/doc/docDetail.aspx-?uid=126&docid=16398
經濟部統計處，「便利商店展店快速，營業額屢創新高」: https://www.moea.gov.tw/Mns/dos/bulletin/Bulletin.aspx?kind=9&html=1&menu_id=18808&bull_id=7217
王婉嘉 (2010.07)，「我愛便利商店？台灣超商傳奇」，台灣光華雜誌
https://www.taiwan-panorama.com/Articles/Details?Guid=5226ecef-865b-4863-8791-ef572d-9991ca&CatId=7

부다이시

은 천으로 만들어졌는데 , 인형극을 연출할 때에는 손을 인형 의복 사이로 넣어 움직인다 .

부다이시는 1750 년대에 중국 푸지엔 (福建) 지역에서 시작되었으며 그 지역 주민들이 타이완으로 이주하면서 타이완에 전해졌다 . 그러나 일제시대와 국민당 정부 집권 당시 타이완어 사용 금지 , 야외 공연 금지로 인해 부다이시 공연 역시 쉽게 볼 수 없게 되었다 . 장제이스 정권이 끝난 후 부다이시는 야외 공연을 다시 시작하였고 , 대중들의 인기에 힘입어 이제는 타이완 사찰 행사에 서 빠지지 않는 단골손님이 되었다 .

1960 년대 초 TV 에서 최초로 부다이시 공연이 방영하게 되었고 , 1970 년 3 월에 방영된 윈조우따루샤 - 쓰이엔운 (雲州大儒俠─史艷文) 공연은 엄청 난 신드롬을 불러일으켰다 . 당시 학생 , 직장인 할 것 없이 많은 사람들은 TV

에서 방영하는 부다이시 프로그램을 보기 위하여 하루 일과를 끝낸 후 곧바로 귀가하였다. 부다이시 프로그램의 최고 시청률은 97% 까지 달했다.

1973 년에 국민당 정부는 "중국어 (표준말) 공용어 추진"을 명목으로 부다이시는 타이완어가 아닌 중국어 성우의 더빙으로 방영해야 한다는 명령을 내렸다. 심지어 1974 년에는 정상적인 사회활동에 지장을 초래한다는 이유로 무선 TV 에서 부다이시 방송 금지령을 내리기도 했다.

오늘날 타이완인들이 부다이시 프로그램을 떠올리면 공식 유선방송 채널과 유튜브 채널로 구성된 '피리 (霹靂)' 회사가 연상될 것이다. 최근 들어 부다이시는 단순하게 사찰 행사를 위한 야외 공연으로 소비되는 것을 넘어서 굿즈, 영화, 게임 등 다양한 산업의 아이템으로 떠오르고 있다. 화려한 인형의 의상과 CG 등으로 무장한 부다이시는 마니아층의 눈길을 사로잡고 있다.[8]

타이완 중남부 지역에 위치한 윈린현 후웨이진 (雲林縣虎尾鎮) 에 2007 년 개관된 부다이시박물관 (布袋戲博物館) 이 있는데 여기서는 전통적 부다이시를 구경할 수 있고 직접 인형을 만들어볼 수도 있다.

8 文化部，布袋戲展史 https://puppetry.moc.gov.tw/home/zh-tw/history
布袋戲資料庫 : https://palmardrama.fandom.com/zh/wiki/%E5%8F%B0%E7%81%A3%E5%B8%83%E8%A2%8B%E6%88%B2
네이버 포스트 (2020.07.03), 「타이완에서는 '이것'으로 무협 영화를 만든다 ?」, https://m.post.naver.com/viewer/postView.nhn?volumeNo=28701007&memberNo=8224696&vType=VERTICAL
부다이시에 대한 간략 소개 (2016.03.28), https://lotusfragrance.tistory.com/entry/%ED%8F%AC%EB%8C%80%ED%9D%AC%EC%97%90-%EB%8C%80%ED%95%9C-%EA%B0%84%EB%9E%B5-%EC%86%8C%EA%B0%9C?category=698191

第九章

관광
觀光

觀光

本章主題為「觀光」，但內容側重於臺灣的國家公園、海岸、島嶼、溫泉、山等自然景觀的介紹，希望外國人除了認識都市景點與歷史古蹟外，也能看到臺灣的「自然美」。九大國家公園中本章介紹了墾丁、玉山、陽明山、太魯閣、雪霸與台江等 6 個在臺灣本島的國家公園；海岸則介紹了韓國人喜歡造訪的野柳、東北角與臺中高美濕地；島嶼則介紹了澎湖、綠島與金門。

臺灣的溫泉種類約可分為 5 種，分別為硫磺泉（金山、陽明山、北投）、碳酸氫鈉泉（烏來、泰安、谷關、礁溪、瑞穗、寶來、四重溪）、碳酸泉（泰安、谷關、知本）、溫泉泥（關子嶺）、海底溫泉（綠島朝日、金山萬里）。有些地方的溫泉水質不只一種，整個臺灣約有 128 處溫泉，是泡湯的好地方。

而本章介紹的山僅止於觀光景點的阿里山和臺灣唯一不靠海的南投，在南投有很多休閒農場及森林遊樂區，如杉林溪、溪頭、清境農場、合歡山等。

관광

타이완에는 각 지역마다 잘 알려진 관광명소가 있다 . 타이베이 101 빌딩이나 시먼딩 (西門町) 과 같은 도시 번화가는 물론 타이난과 같은 역사 고적지도 있고 , 예류 (野柳), 아리산 (阿里山), 화리엔 타이루거 (花蓮太魯閣), 컨딩 (墾丁), 뤼다오 (綠島), 펑후 (澎湖) 등과 같이 자연 풍경을 즐길 수 있는 곳도 있다 . 타이완의 모든 관광지를 다 소개하기에는 지면이 부족하여 자연 풍경지에 집중하여 소개하도록 하겠다 . 다른 관광지에 대한 정보는 타이완 교통부 관광국 홈페이지에서 찾을 수 있다 .[1]

타이완은 대륙판과 해양판의 충돌로 형성된 섬이기 때문에 산 , 구릉 , 평원 , 분지와 해안 등 다양한 지형을 가지고 있다 . 중간에 북회귀선이 통과하기 때문에 타이완은 열대 , 아열대와 온대 기후를 동시에 지니고 있다 . 이처럼 다양한 지형과 기후의 덕분에 타이완에는 여러 가지 자연환경이 형성되었고 아름다운 섬이라는 이름으로 불리게 되었다 .

이 책에서는 타이완의 국가공원 , 해안 , 섬 , 온천과 산을 중심으로 소개한다 .

9.1 국가공원

타이완에는 9 개의 국가공원 (국립공원) 이 있다 . 1984 년 컨딩 (墾丁) 이 첫 번째 국가공원으로 지정되었고 , 그 후 1985 년에 양밍산 (陽明山) 과 위산 (玉山), 1986 년에 타이루거 (太魯閣), 1992 년에 쉐빠 (雪霸), 1995 년에 진먼 (金門), 2007 년에 동사환초 (東沙環礁), 2009 년에 타이장 (台江), 마지막으로 2014 년에 펑후남방사도 [2](澎湖南方四島) 가 국가공원으로 지정되었다 .[3]

---

1 https://www.taiwan.net.tw/
 https://www.taiwantour.or.kr/
2 東沙環礁의 環礁는 중국어 발음으로 '환쟈오' 이라고 불리지만 한국 언중들은 '환초' 이 라는 한자어에 익숙하기 때문에 '환초' 로 표기하는 것이다 .
3 타이완국가공원 홈페이지 : https://np.cpami.gov.tw/

타이완의 국가공원은 제각기 특색을 가지고 있는데 외국인에게 가장 많이 알려진 국가공원은 양밍산 , 위산 , 타이장 , 컨딩과 타이루거이다 . 이곳들은 이미 외국인이 타이완에 와서 꼭 찾아가야 하는 관광명소가 되었다 .

타이완 내정부의 통계에 의하면 2020 년 코로나 사태로 인해 국가공원을 방문한 전체 관광객 수는 감소되었다 . 2019 년의 통계에 따르면 타이루거를 방문하는 관광객 인원수는 4,828,607 명으로 가장 많았고 , 다음으로 양밍산을 방문한 관광객이 4,590,080 명으로 뒤를 이었다 . 타이루거는 타이완 동쪽의 화리엔에 위치한 도시로 비록 도심 내 국가공원은 아니지만 아름다운 절경으로 유명하기에 이곳을 찾는 관광객이 매우 많고 , 타이베이내에 위치한 양명산은 편리한 교통으로 인해 (접근성이 용이해서) 이곳을 방문하는 관광객 수가 많은 것으로 보인다 . 컨딩을 방문한 총 관광객 수는 4,121,595 명으로 비교적 적은 수처럼 보이지만 컨딩의 바다는 다양한 해상 레저 스포츠를 즐길 수 있는 매력적인 관광지로 이곳을 방문하는 관광객 수는 꾸준히 증가하는 추세이다 .

다음으로 이 9 개의 국가공원 중에서 잘 알려진 6 곳을 소개하고자 한다 .

(1) 컨딩 (墾丁) 국가공원

컨딩은 타이완의 최남단 형춘 (恆春) 에 위치하고 있으며 산과 바다를 모두 아우르는 아름다운 자연 경관으로 타이완 최초의 국립공원으로 지정되었다 . 컨딩 연안에는 난완 (南灣), 바이사 (白

컨딩

砂) 와 쟈러쉐이 (佳樂水) 등의 모래사장이 있다 . 일 년 내내 따뜻한 열대기후 때문에 컨딩은 타이완 사람뿐만 아니라 외국인에게도 큰 사랑을 받는 여행 명소가 되었다 .

위산

(2) 위산 (玉山) 국가공원

위산은 해발 3,952 미터로 타이완에서 가장 높은 산이자 동북아의 최고봉이다 . 위산 국가공원 내에는 산의 높이가 3 천 미터를 초과하고 그 이름이 '타이완 백악 (臺灣百岳)' [4] 에 들어있는 것이 30 개나 된다 . 위산 국가공원은 타이완 중앙에 위치하고 있는데 중앙산맥의 동쪽에는 타이완에서 가장 오래된 (약 1 ~ 3 억 년) 지층이 있다 . [5]

(3) 양밍산 (陽明山) 국가공원

양밍산은 타이베이시에 위치한 국가공원으로 타이완의 유일한 활화산이다 . 양밍산 국가공원 내에는 20 여 개의 화산이 있고 화산활동은 200 만 년 이상 지속되었다 . 화산 지형 때문에 원뿔형 화산체 , 화산구 , 화산호 , 폐색호 , 온천 등 특별한 풍경이 있다 . 공원 내에 있는 가장 높은 산인 칠성산 (七星山 ,

---

4 **臺灣百岳**은 타이완 100 개의 아름다운 산이고 산의 높이가 모두 3 천 미터를 초과한다 .
5 타이완국가공원 홈페이지 : https://np.cpami.gov.tw/

양밍산

해발 1,120 미터) 은 전형적인 삼각뿔 화
산이며 , 이곳에는 유황과 지열 온천이 있
는 것이 특징이다 .

(4) 타이루거 (太魯閣) 국가공원

타이루거 국가공원은 화리엔 (花蓮),
난토우 (南投) 와 타이중 (臺中) 3 개 지
역에 걸쳐 있는 협곡으로 자연 경관이 뛰
어나 매년 100 만 명 이상의 관광객이 찾
아가는 세계적인 관광명소이다 . 타이루거
국가공원은 산이 90% 이상을 차지하고 있
는데 전체 공원의 세 면은 산으로 둘러싸
여 있고 한 면은 태평양과 인접해 있다 .

타이루거 협곡

때문에 이곳은 산과 바다를 동시에 관람할 수 있는 곳이다 . 타이루거 공원의 협곡 중에서는 옌즈커우 (燕子口) 와 지우취동 (九曲洞) 이 가장 유명하다 .

(5) 쉐빠 (雪霸) 국가공원

쉐빠 국가공원은 쉐산 (雪山) 산맥으로 주로 이루어졌는데 공원 안에 3 천 미터를 초과하는 산이 51 개나 있고 , 이름이 '타이완 백악'에 들어 있는 산은 19 개가 있다 . 그중에 쉐산과 따빠지엔산 (大霸尖山) 이 가장 많이 알려져 있다 . 쉐산은 3,886 미터로 타이완에서 두 번째로 높은 산이고 중앙산맥과 약 500 만 년 전 조산운동 (造山運動) 때 형성

타이루거

쉐빠

된 산이다 . 따빠지엔산은 3,492 미터로 산의 모양이 특이하기 때문에 세기기봉 (世紀奇峰) 이라고도 한다 .

쉐빠공원의 지형은 독특하고 놀라울 정도로 다양한데 , 특히 부쇼란 (布秀蘭) 낭떠러지 , 동빠연봉 (東霸連峰), 핀티엔산 (品田山) 습곡산맥 , 종유석 등의 경치는 보는 이들을 감탄하게 한다 .

(6) 타이장 (台江) 국가공원

타이장은 타이난에 위치한 곳으로 유일한 습지 생태의 국가공원이다 . 타이장 지형의 대부분은 해안 충적평야 (沖積平野) 로 사주 , 습지 , 석호 등이 있다 . 공원 안에는 유명한 쓰차오 (四草) 와 치구 (七股) 습지가 있다 . 쓰차오에 가면 배를 타고 '녹색 터널' 이라고 하는 홍수림 (紅樹林) 생태를 볼 수 있다 . 치구의 대표적인 명소는 '치구 염전' (七股鹽田) 이다 . 거기에는 '타이완 소금 박물관 (台灣鹽博物館)' 이 있어서 타이완에서 수백 년 동안 이어진 연해 소금산업을 볼 수 있다 .

쓰차오

9.2 해안

(1) 예류 (野柳) 지질공원

신베이시 완리 (萬里) 에 위치한 예류는 잘 알려진 북해안의 관광명소이다 . 예류에서는 침식과 풍화 작용으로 인해 형성된 해식굴과 버섯 , 두부 , 촛대 , 벌집 등의 특이한 모양의 바위를 볼 수 있다 . 가장 대표적인 바위는 '여왕 머리 바위 (女王頭)'이다 . 예류 지질공원이 있는 북해안 일대에서는 물놀이 , 돛단배 타기 , 서핑 등의 활동도 할 수 있다 .

타이완 소금 박물관

예류

(2) 동베이쟈오 해안 (東北角海岸 , 동북각 해안)

동베이쟈오 해안은 루에이팡 [6] (瑞芳) 에서 이란 토우청 (宜蘭頭城鎮) 까지 총 길이 66 킬로미터에 달하는 해안선을 가리키는 관광명소이다 . 비터우쟈오 (鼻頭角 , Bitou Cape), 산띠아우쟈오 (三貂角 , Sandiao Cape), 음양해 (陰陽海), 푸롱 (福隆) 해수욕장 등이 포함되어 있는 동베

동베이쟈오 해안

이쟈오 해안은 기암괴석을 볼 수 있고 , 동부의 다이나믹함을 즐길 수 있는 관광 코스이다 . 복잡하고 바쁜 타이베이 시내를 벗어나 조용하고 아름다운 동베이쟈오 해안으로 한번 떠나보면 자연 속에서 힐링을 즐길 수 있을 것이다 .

---

6 한국 언중들이 瑞芳을 '루에이팡'이라고 부르는데 중국어 발음으로는 '루에이팡'이라고 표기하는 것이 더욱 정확하다 . 마찬가지로 瑞穗는 '루이쉐이'가 아닌 '루에쉐이'라는 발음이 더 정확하다 .

가오메이습지

(3) 가오메이습지 (高美濕地)

가오메이 습지는 타이중시 칭쉐이 (清水) 에 위치한 습지이다 . 여기에서는 여러 습지 동식물과 120 여 종의 새들을 볼 수 있다 . 그리고 이곳은 석양으로 가장 유명한 곳이다 . 석양이 습지에 비치면 마치 태양이 두 개가 있는 듯한 모습이 연출되는데 이때 자연의 신비와 아름다움을 감상할 수 있다 .

9.3 섬

타이완 자체가 섬이지만 타이완 본 섬 주변에도 크고 작은 섬들이 여러 개가 있다 . 타이완에 포함된 섬들은 모두 21 개로 , 펑후 군도 (澎湖群島), 진먼 군도 (金門群島), 마주 열도 (馬祖列島), 동사 군도 (東沙群島), 중사 군도 (中沙群島), 남사 군도 (南沙群島) 등이 타이완의 대표적인 부속 섬이다 . 그 외에도 유명한 관광명소로는 란위 (蘭嶼), 샤오리우치우 (小琉球), 뤼다오 (綠島)

평후

등이 있다 . 이 책에서는 평후 , 뤼다오와
진먼 등을 집중적으로 소개하고자 한다 .

쌍심석호

(1) 평후 (澎湖)

평후는 90 개 섬으로 이루어진 타
이완의 가장 큰 군도로 타이완에서 가장
일찍 개발된 지역이다 . 2019 년을 기준으로 평후의 총인구 수는 10 만 5,207
명이다 . 평후에서는 5 천 년 전의 신석기 유적이 발견되었는데 때문에 적어도
5 천 년 전부터 선주민들이 거주했다는 사실이 입증되었다 .

평후라는 명칭은 일찍부터 송나라 사서 (史書) 에 나타난 바 있다 . 당시
한족들이 평후에 거주하고 있었다는 기록이 남송 (南宋) 의 사서를 통해 처음
으로 알려졌다 .[7] 명나라 때 (1604 년) 네덜란드인이 평후에 상륙하여 이곳을
점령하였으나 그 후에 정성공 (鄭成功) 이 네덜란드를 격퇴하고 평후를 수복
하였다 . 청나라 강희 23 년 (1684 년) 에는 타이완과 평후가 중국의 영토에 귀

---

7 평후현정부 홈페이지 https://www.penghu.gov.tw/ch/home.jsp?id=10174

속되었는데 이때 펑후를 타이완의 일부로 포함시켰다.

펑후 군도 중에 남방사도 (南方四島) 가 있는데 , 이곳은 특이한 현무암과 풍부한 산호초 생태로 인해 2014 년에 국가공원으로 지정되었다 . 펑후하면 가장 먼저 떠오르는 것은 바다에 펼쳐진 하트 모양의 쓰후 (石滬 , 석호) 이다 . 쓰후는 물고기를 잡기 위해서 돌로 만든 통발인데 그중에 가장 유명한 쓰후가 쑤앙신쓰후 (雙心石滬 , 쌍심석호) 이다 . 쑤앙신쓰후는 치메다오 (七美島 , 칠미섬) 의 한 어민이 무심코 만든 통발이 하트 모양으로 이어진 것인데 , 지금은 펑후의 랜드마크가 되었다 . 펑후는 4 월부터 6 월까지 불꽃 축제 (花火節) 가 있고 날씨도 그다지 덥지 않기 때문에 이때 사람들이 많이 찾아간다 .

(2) 뤼다오 (綠島)

뤼다오는 타이완 동해에서 약 33 킬로미터에 떨어져 있는 섬인데 화산이 폭발하여 형성된 섬이라서 화소도 (火燒島) 라고도 부른다 . 1972 년 뤼다오에는 감옥이 세워졌는데 그 당시에는 주로 정치범을 수감하는 장소였다 . 2002

뤼다오

년 12 월 10 일 세계 인권의 날에 "뤼다오 인권기념공원" 이 정식으로 오픈되었다 .

　뤼다오는 등대가 섬 중간에 서 있는데 , 이 등대는 일제시대 (1939 년) 에 건립되었다가 2 차 세계대전 때 공습으로 파괴되었다 . 지금 볼 수 있는 등대는 1948 년에 장제스 정부가 만든 것이다 . 뤼다오에서 가장 유명한 섯은 해수 자오르 (朝日) 온천과 섬을 둘러싼 산호초이다 . 이곳은 다이빙으로도 유명해서 잠수를 좋아하는 사람들에게는 천국이다 .[8]

(3) 진먼 (金門)

　진먼이라고 말하면 고량주 생각이 먼저 떠오르는 사람이 많을 것이다 . 진먼과 타이완의 거리는 210km 이고 , 중국 샤먼 (廈門) 과의 거리는 1.8km 이다 . 진먼은 오히려 중국과 더 가깝기 때문에 , 진먼에서 바다 너머로 중국 땅을 볼 수 있다 . 이런 지리적인 특성 때문

펑스예

에 진먼은 과거부터 전략적인 거점으로 자리매김하였다 . 1949 년 공산당과 국민당 군대가 격렬하게 격돌한 곳도 바로 진먼이다 .

　2000 년도 전까지 타이완과 중국은 직접적인 교류가 제한되었다 . 2001 년부터 진먼과 푸지엔성에 위치한 샤먼과 푸저우 (福州) 지역은 직접적인 통상 (通商), 우편 배송 (通郵), 직항 운항 (通航) 등의 교류를 시작하였는데 , 이 깃은 소삼통 (小三通) 정책에서 비롯된 것이었다 .

8　타이동관광국 홈페이지 https://tour.taitung.gov.tw/zh-tw/attraction/details/377

진먼은 최초의 타이완 외도 (外島) 국가공원이다 . 다른 국가공원과 달리 진먼은 역사적인 이유로 국가공원이 되었다 . 국가공원 안에는 구닝터우 (古寧頭) 와 823 전쟁역사관 (八二三戰史館) 이 있는데 , 이곳에는 전쟁과 관련된 역사문물이 진열되어 있다 .

　　진먼은 돌사자 펑스예 (風獅爺) 를 수호신으로 여기며 , 펑스예에게 기원하는 독특한 신앙문화가 있다 . 이는 진먼만의 특색이다 . 옛날에 강력한 북동계절풍의 영향으로 진먼 섬 전체는 거의 다 모래와 바위만 남게 되었다 . 그래서 섬주민들은 취엔저우 (泉州), 장저우 (漳州) 에서 돌사자인 펑스예를 들여와 진먼에 부는 바람을 막고 액운을 없애주기를 기원하였다 .

9.4 온천 [9]

　　타이완에는 약 128 여 곳에 온천이 있는데 지역마다 온천 수질이 다르다 . 타이완의 온천은 크게 5 가지로 나눌 수 있는데 유황 , 탄산수소나트륨 , 탄산 ,

우라이

9　觀光局 - 台灣好湯 : https://taiwanhotspring.net/HotSpring-Intro.aspx?a=10&l=1

관즈링 온천

온천

진흙과 해저 심층이다 .

　유황천은 타이베이시와 신베이시에만 있다 . 유명한 유황천은 진산 완리 (金山萬里), 양밍산과 베이토우 (北投) 가 있다 . 탄산수소나트륨천은 신베이시의 우라이 (烏來), 먀오리 (苗栗) 의 타이안 (泰安), 타이중의 구관 (谷關), 이란의 쟈오시 (礁溪), 화리엔의 루에이쉐이 (瑞穗), 가오슝의 바오라이 (寶來), 핑둥의 쓰총시 (四重溪) 등이 있다 . 탄산수소나트륨천은 무색무취이며 , 신진대사를 촉진시키고 피부를 부드럽게 만든다고 알려져 있다 .

　탄산천은 먀오리의 타이안 , 타이중의 구관 , 타이동의 즈번 (知本) 에 있다 . 탄산천은 온천수에 탄산의 성분이 있다 . 탄산천은 혈액순환을 잘 되게 한다 .

　진흙 온천은 타이난의 관즈링 (關子嶺) 에만 있다 . 온천수는 진흙으로 보이지만 피부 미용에 효과가 있는 천연 온천수이다 . 온천을 다녀오면 피부가 부드러워진다 .

　해저 심층 해수천은 신베이시의 진산 완리와 뤼다오의 자오르에만 있다 .[10] 뤼다오 자오르와 일본의 규슈 (九州) 온천 , 이태리 북쪽의 해수온천을

10 타이완 관광국 : https://www.taiwan.net.tw/m1.aspx?sNo=0001016&id=C100_114

전 세계 3 대 해수온천이라고 한다 . 온천수는 해수 지열을 통해 형성된 것이기 때문에 염분이 있다 . 타이완에는 온천뿐만 아니라 냉천 (冷泉) 도 있다 . 타이완의 유일한 냉수 온천은 수아오 (蘇澳) 에 있다 . 냉천의 온도는 21℃이며 냉천수는 무색무취이다 .

9.5 산

타이완의 산에 대해서는 앞에서 언급했기에 여기서는 난토우 (南投) 와 아리산 (阿里山) 을 보완하여 소개하고자 한다 .

(1) 난토우 (南投)

난토우는 타이완에서 유일하게 바다를 접하지 않은 내륙지역으로 산속에 여러 관광 명소가 있다 . 산린시 삼림유원지 (杉林溪森林遊樂區), 시토우 삼림 생태교육공원 (溪頭森林自然教育園區), 일월담 풍경구역 (日月潭風景區), 아우

일월담

완따 삼림유원지 (奧萬大森林遊樂區), 칭징농장 (淸境農場), 허완산 삼림유원
지 (合歡山森林遊樂區) 등이 있다 . 그중에서 외국인에게 가장 유명한 곳은 일
월담이라고 할 수 있다 . 일월담은 타이완에서 가장 큰 담수호이고 '수영해서
일월담 건너기(泳渡日月潭)' 라는 행사가 있는데 해마다 만 명 이상 참석한다 .

　　일월담 호수 주변으로는 자전거길이 둘러싸고 있다 . 이 자전거길은 2012
년 CNN 뉴스의 생활 여행 채널인 CNN GO 에서 '10 대 아름다운 자전거길'
로 선정되었다 . 자전거를 타면서 일월담의 아름다운 풍경을 구경할 수 있다 .
일월담 근처에는 구족문화촌 (九族文化村) 이 있는데 거기에 가면 타이완 원주
민들의 여러 문화를 알아볼 수 있다 .

(2) 아리산 (阿里山)

　　아리산은 타이완에서 가장 유명한 관광명소라고 해도 과언이 아니다 . 아
리산은 일출 , 석양과 운해 , 그리고 3 천 년 넘은 회목인 선무 (神木) 와 Z 자로
된 고산 삼림 열차 등으로 유명하다 . 천년 선무가 가득한 산길에서 산책할 수
있고 , 고산 삼림 열차를 타고 산림 풍경을 구경할 수 있으며 고산차도 마실 수
있다 .

아리산 기차

아리산 일출과 운해

제 10 장

第十章

라오지에(老街) 및 골목문화
老街與巷弄文化

老街與巷弄文化

臺灣有很多老街，不僅保有當時的建築，也是文化傳承的重要地方。很多老街都會伴有宮廟，更是美食的聚集地。臺灣的老街多從河港發展，藉由海運而使周邊興盛，之後因為海運的沒落，老街的繁盛也隨之衰退，後期藉著保存以往建築街道的樣貌與美食，而發展成為觀光景點，近年來因為文創的盛行，老街裡錯落不少文創商店，也吸引許多年輕人前來消費，形成傳統與創新的融合。本章整理出14條知名的老街，由北到南為基隆廟口、迪化街、三峽、鶯歌、九份、十分、淡水、八里、深坑、大溪、北港、神農街、哈瑪星、旗山。

臺灣的古老巷弄文化深受外國人的喜愛，這些巷弄不一定是觀光景點的老街，卻有著令人著迷的在地文化與靜謐的情趣，值得慢慢探索。

라오지에 (老街) 및 골목문화

10.1 라오지에

타이완이 라오지에 (老街) 는 과거의 건축 양식이 잘 보존되어 있는 전통 문화의 요지이다 . 또한 많은 라오지에에는 궁묘 (宮廟 , 절) 가 자리 잡고 있으며 , 맛집들이 모여 있어 타이완 맛의 집결지이기도 하다 .

타이완의 라오지에는 일찍이 항구 부근에서 형성되기 시작했는데 대체로 해운업의 부흥에 힘입어 함께 번성하였다가 , 이후 해운업이 몰락하면서 쇠락의 길을 걷게 되었다 . 그러나 최근 라오지에가 다시 관광명소로 급부상하고 있다 . 라오지에에는 옛 건물들이 잘 보존되어 있고 , 다양한 음식을 맛볼 수 있는 음식점들이 많기 때문이다 . 또한 문화콘텐츠가 유행하게 되면서 라오지에에도 다양한 문화콘텐츠 상점이 들어서게 되었고 , 이러한 요소들은 젊은 소비자들을 라오지에로 끌어들였다 . 지금 타이완의 라오지에는 전통과 혁신을 융합시킨 소비의 메카로 떠오르고 있다 .

이 책에서는 북부에서 남부까지 타이완의 특색 있는 라오지에 몇 군데를 선정하여 , 아래와 같이 소개한다 .

(1) 지롱 먀오코우 (基隆廟口)

지롱의 대표적인 야시장 먀오코우 (廟口 , 절의 입구나 앞) 의 발전과 도교 사원 띠엔지공 (奠濟宮) 은 밀접한 관련이 있다 . 지롱은 바다를 접하고 있는 도시라서 일찌감치 바닷사람들의 평안을 기원하기 위한 사당 문화가 발전하였다 . 띠엔지공은 성왕공먀오 (聖王公廟) 라고도 불렸는데 이곳 주변으로 1970 년부터 상권이 형성되기 시작하여 지금의 지롱 야시장으로 발전하였다 . 이곳에는 다양한 먹을거리들이 있을 뿐만 아니라 타이베이와도 멀지 않기 때문에 외국인 관광객들은 물론 타이완 현지인들도 많이 찾아가는 대표적인 라오지에 중 한 군데이다 .

디화지에

(2) 디화지에 (迪化街)

　　타이베이시에 위치한 디화지에는 청나라 1850 년에 건립되었다 . 1891 년 유명전 (劉銘傳 , 청나라 말기의 군인 , 정치가) 이 타이완 최초로 건립한 선로가 따다오청 (大稻埕) 을 경유하면서 다다오청은 크게 번영하였다 . 타이완에서 디화지에에 대한 이미지는 설맞이를 준비하는 사람들로 붐비는 거리 , 바로크 양식의 특색 있는 건축물들이 남아 있는 곳 , 타이완 남북 각지에서 온 유명한 잡화와 중약재들이 모여 있는 곳으로 요약할 수 있다 . 디화지에에도 과거 양식의 건축물들이 많이 자리하고 있어 외국인 관광객들의 발걸음을 사로잡고 있다 . 최근에는 옛집 재생사업으로 인해 많은 옛 건축물들이 문화콘텐츠 상점으로 개조되었는데 , 현재 디화지에는 신구문화가 잘 융합되어 있는 관광 명소이다 .

(3) 산샤 라오지에 (三峽老街)

신베이시 산샤는 따한시 (大漢溪) 의 산샤강과 헝시 (橫溪) 의 물줄기가 하나로 합쳐지는 곳이다 . 일찍이 화물 운송의 허브로 번영하였고 , 시간이 지난 후에는 정부 계획 하에 거리의 오래된 건축물이 보존되면서 산샤는 성공적인 관광 라오지에로 탈바꿈하게 되었다 .

산샤의 '칭쉐이이엔주스먀오 (清水巖祖師廟 , 청수암조사묘)'는 당대 신앙의 중심지로 , 산샤를 방문하는 관광객들이 반드시 방문하여야 하는 관광 명소이기도 하다 . 산샤 지방은 본래 원주민 태야족의 사슴농장이었다 . 청나라 중엽 , 한인 (漢人) 들이 이곳에서 밭을 개간하는 과정에서 원주민들과 분쟁이 있었는데 , 결국 한인들은 원주민들을 산으로 몰아내고 취엔저우 (泉州) 사람들의 수호신인 칭쉐이주스 (清水祖師) 를 정신적 지주이자 고향의 그리움을 달래는 대상으로 선정하여 1967 년 (청나라 건륭 32 년) 에 주스먀오를 창건하였다 .

타이완에 대표적인 주스먀오 (祖師廟) 는 세 곳이 있다 . 그중에서 앞서 설명한 산샤 주스먀오가 타이완 최초로 건립된 곳은 아니다 . 타이난시에서 발간한 타이난시지 (台南市志) 종교편[1] 기록에 따르면 , 타이난시 남구 쓰쿤슨 (四鯤鯓) 의 용산사 (龍山寺) 는 명나라 영력 (永曆) 19 년 (1665 년) 에 정성공이 타이완을 방문했을 때 이미 있던 곳으로 , 이것이 타이완 최초의 '칭수이주스먀오' 창건이라 일컬어진다 . 또 다른 곳은 타이베이시 완화구 (萬華區) 에 있는 멍지아 칭쉐이이엔 (艋舺清水巖 , 속칭 멍지아주스먀오) 인데 산샤 주스먀오 , 단수이 주스먀오와 함께 타이베이 지역의 3 대 주스먀오로 불린다 . 이곳은 영화 < 멍지아 (艋舺 , 한국 개봉 제목 '맹갑 , Monga')> 의 촬영 장소로도 유명하며 , 영화의 포스터 역시 칭수에이먀오를 배경으로 삼았다 .

(4) 잉거 라오지에 (鶯歌老街)

산샤에서 자동차로 20 분 거리에 위치한 잉거는 타이완의 유명한 도자기

---

1   蘇南成 , 呂秉城 , 王振惠 , 游醒民 , 臺南市 (1979), 《台南市志》, 臺南市政府

도시이며, 이곳 라오지에에는 각양각색의 도자기 상점이 자리하고 있다. 또한 도자기를 만들어 볼 수 있는 체험 프로그램도 있어 한국의 이천이 떠오른다. 관광객들이 많이 찾는 시립 잉거도자기박물관은 이곳에 위치한다.

(5) 지우펀 라오지에 (九份老街)

지우펀은 과거 이 지역에 9 가구가 거주하고 있다는 사실에 근거하여 이름 지어졌으며, 한때 금광이 발견되어 도시가 번성하였지만 광산업이 몰락함에 따라 지우펀도 함께 몰락하게 되었다. 1989 년에 허우샤오시엔 (侯孝賢) 감독의 영화 < 비정성시 (悲情城市)> 와 2001 년에 일본 미야자키 하야오 (宮崎駿 , Miyazaki Hayao) 감독의 애니메이션 < 센과 치히로의 행방불명 (神隱少女)> 의 배경지로 알려지면서 지우펀은 다시 국제적인 라오지에로 발돋움하게 되었다. 황금박물관 , 황금폭포 , 샹비엔 (象鼻岩) 은 모두 지우펀에서 꼭 방문해야 할 유명한 관광명소이다.

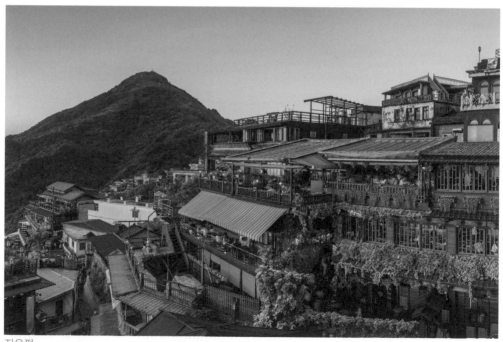

지우펀

(6) 스펀 라오지에 (十分老街)

스펀은 지우펀과 마찬가지로 일제시기에 광맥이 발견되면서 빠른 속도로 발전한 지역이다 . 하지만 스펀도 광산업이 몰락함에 따라 핑시 (平溪) 철로 전체가 폐철길이 되면서 쇠락하게 되었다 . 정부는 이 지역의 관광업을 발전시키기 위하여 '스펀 , 핑시 , 호우퉁 , 루에이팡 지우펀'을 하나의 관광특구로 묶었고 , 그 후에 스펀역 , 스펀 라오지에 , 핑시 , 지우펀은 모두 관광명소로 각광받게 되었다 . 이 도시들은 모두 각각의 예스러움을 갖추고 있어 관광객들은 천등을 날리는 것 외에도 거리 곳곳을 둘러보면서 그리운 향수를 느낄 수 있다 .

(7) 단수이 라오지에 (淡水老街)

신베이시 단수이는 청나라 시기에 개항된 항구로 , 1945 년 광복 초기에는 타이완 최대의 상업용 항구가 되어 항구 부근의 상권 발전에도 크게 이바지하였다 . 항구가 쇠락한 이후 단수이 상권도 잠시 주춤하였다가 후에 MRT 가 개통함에 따라 예전의 영광을 되찾게 되었다 .

한국인은 < 말할 수 없는 비밀 (不能說的・祕密)> 이라는 영화 때문에 단수이를 알게 된 경우가 많다 . 특히 젊은이들이 타이완에 여행 와서 이 영화의 촬영지를 방문하기 위해 단수이를 찾아간다 .

또 단수이를 말할 때 홍마오청 (紅毛城) 을 빼놓을 수 없다 . 홍마오청은 400 년 역사를 품은 국가 1 급 고적이며 관광객들이 단수이를 찾았을 때 꼭 방문해야 할 곳이다 . 홍마오청은 1628 년에 스페인에 의해 건설된 성루 (城樓) 이다 . 스페인은 먼저 1626 년에 지룽 평화도에 '산 살바도르 (San Salva- do)' 라는 성루를 세운 뒤 , 단수이에 홍마오청을 건조하였다 .

1634 년에 단수이 시가지 (市街地) 에는 이미 200 여 명의 스페인인들이 거주하고 있었다 . 당시 원주민들은 스페인에 몇 차례 대항하면서 , 원주민들과

스페인인들의 무력 충돌이 여러 차례 있었다 . 1641 년에는 타이난을 다스리던 네덜란드인들이 단수이를 점령하려고 시도하였다 . 1642 년 8 월에 네덜란드인들은 지룽에 주둔하던 스페인인들을 총공격하였고 , 결국 스페인인들은 항복하였다 . 이것으로 네덜란드인이 마침내 타이완의 남과 북을 모두 점령하게 되니 , 70 여 년 동안 타이완의 북쪽을 통치하던 스페인의 타이완 지배는 그렇게 끝이 났다 .[2]

1662 년 1 월 25 일에 정성공이 군대 포격전에서 성공하면서 타이난을 다스리던 네덜란드인들로부터 항복을 받아냈다 . 이것이 2 월 1 일이며 , 2 월 17 일에 네덜란드 군대는 8 척의 배를 나눠 타고 타이완을 떠나게 된다 . 그러면서 홍마오청 역시 주인 없이 버려진 신세가 되었다 . 이후 1858 년 '천진조약' 에 따라 타이완은 개항하게 되고 1861 년에 단수이가 국제항이 되면서 이 지역에는 독일 , 네덜란드 , 스페인 , 미국 , 일본 , 프랑스 등의 국가들이 영사관을 건립하였다 . 1867 년부터 영국은 청나라 조정으로부터 홍마오청을 조차 (租借) 받아 영사관으로 사용하였다 . 그 후 1978 년에 중화민국 정부가 홍마오청을 반환 받았고 , 1983 년에는 국가 제 1 급 고적으로 지정하여 지금의 모습을 유지하고 있다 .

(8) 빠리 라오지에 (八里老街)

빠리 (八里) 와 단수이는 단수이강의 양쪽 기슭에 위치한 곳으로 1758 년 (청나라 건륭) 에 개항하였다 . 이곳은 타이베이에서 가장 먼저 중국과 통상을 시작한 항구로 이미 300 년이 넘는 역사를 가지고 있다 . 빠리에는 라오지에 뿐만 아니라 따종예먀오 (大眾爺廟 , 대중야묘) 와 톈호우공 (天后宮 , 천후궁) 등이 있는데 이곳들이 이 지역에서 가장 유명한 관광지이다 . 빠리 라오지에는 자전거 도로로 연결되어 있어 인근의 스산항박물관 (十三行博物館 , 십삼행박물관) 까지 자전거로 관광을 할 수 있다 .

---

2   黃士娟, 「紅毛城與淡水發展歷史」資料盤點回顧委託專業服務案成果報告書, 國立臺北藝術大學 建築與文化資產研究所, 2015 年 12 月

(9) 선컹 [3] 라오지에 (深坑老街)

신베이시의 선컹은 단란고도 (淡蘭古道 , 청 (清) 대 단수이청 (淡水廳) 에서 갈마란청 (噶瑪蘭廳) 에 이르는 주요 교통로를 통칭하는 길) 에 위치하며 , 타이베이와 이란을 오가는 진입도로이다 . 철도와 도로의 개축으로 잠시 쇠퇴하기도 했지만 , 정부는 핑시 , 선컹 그리고 스딩 (石碇) 을 연결하는 관광노선을 개발하였고 , 그중에서 선컹은 특색 있는 '두부' 요리로 유명해지면서 선컹 라오지에의 상권은 다시 부활하게 되었다 . 선컹 라오지에에는 붉은 벽돌 건축물들이 늘어서 있는데 이것 역시 아주 인상적이다 .

(10) 따시 라오지에 (大溪老街)

타오위엔 따한시 (大漢溪) 의 따시는 1818 년 (청나라 가경) 부터 많은 화물들이 오고 가는 집산지였다 . 이곳에는 외국인 상점인 양항 (洋行) 과 일반 상점인 상항 (商行) 들이 자리를 잡으며 이 지역의 번영을 이끌었다 . 그러나 스먼 (石門) 댐이 건설되면서 따한시에는 더 이상 배가 다닐 수 없게 되었고 , 이로 인해 이 지역 상권도 몰락하게 되었다 . 그러나 시간이 흐른 지금 따시 라오지에에는 다시 인파가 몰리고 있다 . 따시 라오지에에서만 만날 수 있는 특별한 건물과 음식이 있기 때문이다 . 따시 라오지에에서 가장 눈에 띄는 것은 바로크식 입체적 아치 건물인데 이곳의 건물들은 단순히 낡은 건물이 아니라 시멘트 건축과 바로크식 옛 건물이 함께 어우러져 있다 . 따시의 특산품인 도우간 (豆干 , 말린 두부피) 은 특색있는 맛으로 유명하며 , 옛 건물들을 돌러보며 따시 라오지에를 구경하는 재미를 더한다 . 인근 츠후 (慈湖) 에는 장공능침 (蔣公陵寢 , 장제스의 묘) 이 있는데 , 이곳 역시 따시에서 빼놓을 수 없는 명소이다 .

---

3   한국 언중들이 深坑을 '션컹' 이라고 부르는데 중국어 발음으로는 '선컹' 이라고 표기하는 것이 더욱 정확하다 .

(11) 베이강 라오지에 (北港老街)

윈린 (雲林) 에 자리 잡은 베이강 라오지에는 원래 몇 개의 작은 부락이 었다 . 이러한 작은 부락들이 차오티엔궁 (朝天宮) 을 중심으로 현재의 베이강 라오지에를 형성하게 하였다 . 베이강 라오지에는 외지에서 온 상가가 많이 들어서지 않아서 지금까지도 당시의 거리 모습과 생활상을 그대로 간직하고 있다 .

베이강 라오지에

라오지에 외에도 베이강 차오티엔궁의 마주순례퍼레이드는 이름난 문화 축제로 보통 매년 음력 3 월 19 일과 20 일 이틀에 걸쳐 마주의 생신을 기념하며 성대한 축제를 여는데 , 이때는 외국인과 대학생 등 많은 인파가 모인다 . (이 부분은 5 장에 자세히 소개되어 있다 .)

차오티엔궁

(12) 선농지에 (神農街)

선농지에는 청나라 시기 타이완 푸성 (府城) 5 개 항 중 베이스강 (北勢港) 북쪽에 위치한 거리였기 때문에 북세제로 불렸다 . 이후 거리의 끝에서 신농씨 (神農氏 , 중국 고대 삼황 중 한 분) 의 제사 지내면서 ‘야오왕먀오 (藥王廟 , 약왕묘)’ 라는 이름이 붙었다가 다시 선농지에로 불리게 되었다 . 선농지에에는 많은 고적과 사당 그리고 전통 상점들이 위치해 있다 . 예를 들면 시 (市) 가 지정한 고적인 ‘진화푸 (金華府)’, 타이완 야오왕먀오의 개조 (開祖)

인 '타이난 야오왕먀오', 그리고 50 여 년 역사를 자랑하며 가마 , 부처의 의 자와 같은 종교 공예품을 제작하는 '영 추안따쟈오공예 (永川大轎工藝)' 등 이 있다 . 여기서 중요한 점은 이곳은 청 나라 시기와 일제시대에 지어진 가옥이 그 구조와 외관을 지금도 그대로 간직 하고 있다는 것이다 . 때문에 타이난 우 티아오강 (五條港) 지역의 역사 발전을 잘 살펴볼 수 있다 .[4]

선농지에는 청나라 시기 타이난의 우티아오강 지역 중에서 가장 중요한

선농지에

하항 (河港) 입구였으며 , 당시 상인들은 모두 이 길을 통해 타이난으로 들어왔 다 . 당시에는 가장 번성한 지역이었지만 , 후에 항구의 퇴적물이 쌓이면서 통 상이 힘들어지자 거리의 상권도 점점 쇠퇴하였다 . 그러다 최근에는 문화콘텐 츠 예술의 집산지로 변모하였는데 , 낡은 전통 가옥이 잘 보존되어 있고 , 인근 에 하이안루 (海安路) 예술 거리가 조성되면서 지금은 타이난의 인기 관광 명 소가 되었다 . 영화 < 총포사이 (總鋪師 , 한국 개봉 제목 '요리대전' > 이 이 곳을 배경으로 촬영되었다 .

(13) 하마싱 라오지에 (哈瑪星老街)

하마싱 라오지에는 일제시대에 형성되었다 . 1908 년에 일본은 가오슝항 을 대상으로 도시를 계획 · 건설하면서 긴칙 사입을 신행하였다 .

'하마싱'이라는 이름은 당시 일본 정부가 건설한 두 개의 임해 철도와

---

4   TravelKing, https://www.travelking.com.tw/tourguide/scenery105017.html
    타이난영행정보 (台南旅遊網), https://www.twtainan.net/zh-tw/attractions/detail/1351

연관되어 있다. 그중 하나는 신빈딩 (新濱町 Shinhamachō, 현재 구위엔지에, 鼓元街) 에 있는 것으로 강변구산어시장 (港邊鼓山魚市場) 을 통과하여 여객항으로 향하는 노선인데 이것을 일본어로 '하마센 (Ha ma sen)' 이라고 불렀고, 타이완어로는 '하마셩 (Ha ma seng)' 이라 불렀다가 다시 '하마싱' 으로 표기하였다.

하마싱은 일제시대에 가오슝시에서 가장 번화한 지역으로, 가오슝의 육해 교통의 중심지일 뿐만 아니라 금융, 의료의 중심지이기도 하였다. 하마싱은 전쟁이 끝난 후에 가오슝 제 2 항구가 개발되면서 항구로써의 기능은 예전 같지 않게 되었다. 그러나 그 후에도 철도의 선로를 그대로 유지하였고, 주변에 다수의 옛 건축물도 잘 보존하였는데, 하마싱 타이완철도관 (哈瑪星臺灣鐵道館) 을 설립한 후, 최근에는 많은 관광객들이 찾아오는 라오지에로 거듭났다.

(14) 치산 라오지에 (旗山老街)

가오슝의 치산은 과거 사탕업이 발전하여 번성하였던 곳이다. 치산역을 중심으로 발전하였던 라오지에에는 바로크 양식의 양옥, 타이완의 전통 가옥인 삼합원, 사합원 등의 건축물들이 각양각색으로 흩어져 있다.

10.2 골목문화

라오지에 뿐만 아니라 타이완의 골목도 역시 많은 사람들에게 매력적으로 느껴진다. 라오지에와 비교했을 때 타이완의 골목을 방문하는 관광객 수는 현저히 적지만, 그래서 오히려 더 평온한 정취가 풍긴다.

골목마다 각각의 세계가 존재하는데 역사가 켜켜이 쌓인 골목에는 그곳에 살고 있는 사람들의 독특한 생활 문화가 형성되어 있다. 골목에는 그곳에 사는 사람들의 이야기가 담겨 있는데, 즉 사람, 풍경, 풍습, 옛집, 먹거리 등이 골목 문화를 이룬다고 볼 수 있다.

　　타이완의 골목 문화에서 가장 흥미롭고 칭찬할 만한 부분은 겉으로 볼 때
는 골목이 난잡해 보여도 사실은 생활이 아주 자유롭다는 것이다 . 타이완 정
부는 국민 개개인의 주거 형태를 존중하며 법률 제한 없는 거주의 자유를 보장
하고 있다 .

　　그러나 한편으로 최근에 추진하는 도시재생사업은 겉으로 보기엔 매우
아름답지만 , 그 실상은 옛 건물들을 없애면서 그에 담긴 추억들도 함께 지워
버린다는 문제가 있다 . 옛집 재생이라는 것은 옛 건물의 모습을 그대로 유지
하고 내부를 정리하여 이를 식당이나 커피숍 , 혹은 박물관이나 민박으로 개조
하는 것이 더 바람직하지 않을까 싶다 .

골목문화

< 참고문헌 >

< 저서 >

- EZ 叢書館編輯部（2019），《歡迎光臨台灣韓語導覽》，日月文化

- 三采文化（2013），《我的第一本台灣文化地圖書》，三采文化

- 余舜德（2006），〈夜市小吃的傳統與臺灣文化〉，《中華飲食文化學術研討會論文集》；第 9 屆，P.119-P.134

- 姚嘉文（1989），《台灣美麗島歷史》，關懷雜誌社

- 陳玉箴（2017），《大碗大匙呷飽未？台灣人的餐桌就是一部台灣史，推動「食育」一定要知道的台灣菜故事！》，聯合文學

- 陳立儀（2013），〈芒果專區帶動產業升級〉，《農政與農情》第 254 期，行政院農委會

- 陳金田譯，總督府警察本署編（1997:31），《日據時期原住民行政志稿》，第一卷，南投：台灣省文獻會

- 曹銘宗（2018），《蚵仔煎的身世：臺灣食物名小考》，貓頭鷹（城邦）

- 黃士娟（2015），《「紅毛城與淡水發展歷史」資料盤點回顧委託專業服務案成果報告書》，國立臺北藝術大學建築與文化資產研究所

- 黃應貴、王甫昌、林開世、夏曉鵑、陳怡君、陳文德（2018），《族群、國家治理、與新秩序的建構：新自由主義化下的族群性》，群學出版

- 遠足地理百科編輯組（2018），《芒果專區帶動產業升級一看就懂台灣文化》，遠足文化

- 賴澤涵（1994），《二二八事件研究報告》，時報出版

- 薛化元（2019），〈1945 年日本投降後，蔣介石如何認知台灣歸屬問題？〉，《典藏台灣史（七）戰後台灣史》，玉山社

- 魏逸樺、鄧傑漢（2020），〈臺灣電動機車共享服務的發展〉，《經濟前瞻》第 189 期，P.118-P.122

- 蘇南成、呂秉城、王振惠、游醒民、台南市（1979），《台南市志》，台南市政府

< 사이트 >
< 중국어 >

- 二二八事件紀念基金會，https://228.org.tw/pages.php?sn=14

- David Wu(2019.08.21)，「為何台灣的機車如此之多？在便宜和便利的背後，還有一些台灣

的歷史」，TechOrange（科技橘報），https://buzzorange.com/techorange/2019/08/21/why-are-there-so-many-scooters-in-taiwan/

· GoShare 官網，http://www.ridegoshare.com/

· iRent 官網，https://www.easyrent.com.tw/irent/web/

· Travel King（旅遊王），神農街，
  https://www.travelking.com.tw/tourguide/scenery105017.html

· YouBike 官網，https://taipei.youbike.com.tw/home/

· WeMo 官網，https://www.wemoscooter.com/

· 文化部，布袋戲展史，https://puppetry.moc.gov.tw/home/zh-tw/history

· 基隆市文化局（2020），【文化再造】「奉北台灣基隆食物為王　遺落的遷移飲食美學」，天下雜誌，https://www.cw.com.tw/article/5100391

· 公平交易委員會 (2019.08.07)，「就 108 年全國主要連鎖便利商店業者進行產業調查，以有效掌握零售通路市況，深入掌握連鎖式便利商店競爭情形」，https://www.ftc.gov.tw/internet/main/doc/docDetail.aspx?uid=126&docid=16398

· 內政部戶政司，https://www1.stat.gov.tw/ct.asp?xItem=15409&CtNode=4693&mp=3

· 王婉嘉 (2010.07)，「我愛便利商店？台灣超商傳奇！」，台灣光華雜誌，https://www.taiwan-panorama.com/Articles/Details?Guid=5226ecef-865b-4863-8791-ef572d-9991ca&CatId=7

· 布袋戲資料庫，台灣布袋戲，https://palmardrama.fandom.com/zh/wiki/%E5%8F%B0%E7%81%A3%E5%B8%83%E8%A2%8B%E6%88%B2

· 台南旅遊網，神農街，https://www.twtainan.net/zh-tw/attractions/detail/1351

· 台東觀光旅遊網，綠島燈塔，https://tour.taitung.gov.tw/zh-tw/attraction/details

· 台灣連鎖暨加盟協會 (2018)，台灣連鎖店年鑑 2018，http://www.tcfa.org.tw/asp/left_main.asp?act=anndetail&sn=9199204&class=6377

· 臺灣宗教文化地圖，https://www.taiwangods.com/index.aspx

· 臺灣國家公園，https://np.cpami.gov.tw/

· 臺灣觀光局中文網站，https://www.taiwan.net.tw/

· 臺灣觀光局韓文網站，https://www.taiwantour.or.kr/

· 臺灣觀光局，台灣好湯，https://taiwanhotspring.net/HotSpring-Intro.aspx?a=10&l=1

· 臺灣觀光局，年節習俗，https://www.taiwan.net.tw/m1.aspx?sNo=0020552

- 觀光局，台灣好湯，https://taiwanhotspring.net/HotSpring-Intro.aspx?a=10&l=1

- 臺灣觀光局，綠島朝日溫泉，https://www.taiwan.net.tw/m1.aspx?sNo=0001016&id=C100_114

- 行政院主計總處，2020年垃圾回收率，https://statdb.dgbas.gov.tw/pxweb/Dialog/viewplus.asp?ma=EP0105A1A&ti=%25A9U%25A7%25A3%25B2M%25B-2z%25AA%25AC%25AAp-%25A6~&path=../PXfile/Environment/&lang=9&strList=L

- 行政院國情介紹，https://www.ey.gov.tw/state/99B2E89521FC31E1/2820610c-e97f-4d33-aa1e-e7b15222e45a

- 交通部公路總局統計調查網，https://stat.thb.gov.tw/hb01/webMain.aspx?sys=100&funid=defjsp

- 全國宗教資訊網，https://religion.moi.gov.tw/

- 全國法規資料庫，紀念日及節日實施辦法，https://law.moj.gov.tw/LawClass/LawAll.aspx?pcode=D0020033

- 全國法規資料庫，統一發票給獎辦法，https://law.moj.gov.tw/LawClass/LawAll.aspx?pcode=G0340083

- 李珮雲 (2016.09.15)，「中秋節烤肉由來跟烤肉醬廣告有關？誤會大了」，https://www.chinatimes.com/amp/hottopic/20160915003696-260804

- 高雄市交通局，「公車轉乘優惠功成身退，MeN Go 優惠不間斷」，https://www.tbkc.gov.tw/Message/Bulletin/News?ID=df38fbdc-cac7-4896-bf10-d5db057d2f89

- 財政部財史料陳列室，統一發票相關史料，http://museum.mof.gov.tw/ct.asp?xItem=3693&ctNode=35&mp=1

- 基隆市文化局 (2020.5.28)，「【文化再造】奉北台灣基隆食物為王 遺落的遷移飲食美學」，天下雜誌，https://www.cw.com.tw/article/5100391

- 黃敬翔 (2017.08.30)，「美而美的商標戰！奇怪捏！為什麼早餐店都要叫「美而美」？」，食力 food NEXT，https://www.foodnext.net/issue/paper/4975386430

- 黃敬翔 (2018.10.05)，「西式連鎖早餐店破萬家 密度逼近便利超商！」，食力 food NEXT，https://www.foodnext.net/news/industry/paper/5616141169

- 楊玉君 (2018.7.4)，「「粽話」千年：粽子起源和屈原可能完全無關？」，端傳媒，https://theinitium.com/article/20180704-notes-rice-dumpling/?utm_medium=copy

- 經濟部統計處 (2020)，便利商店展店快速，營業額屢創新高，https://www.moea.gov.tw/Mns/dos/bulletin/Bulletin.aspx?kind=9&html=1&menu_id=18808&bull_id=7217

- 嘉義縣水上鄉公所，名勝古蹟，https://shueishang.cyhg.gov.tw/News_Content.aspx?n=AED88D8DDB3CD417&sms=6A8898109FBF4DEC&s=28028023AE1F8D0D

· 澎湖縣政府，歷史沿革，https://www.penghu.gov.tw/ch/home.jsp?id=10174

< 한국어 >

· SBS '취재파일' (2020.02.24), "대만인가？타이완인가？", https://news.sbs.co.kr/amp/news.amp?news_id=N1001663087

· 네이버 포스트 (2020.07.03), "타이완에서는 '이것'으로 무협 영화를 만든다？", https://m.post.naver.com/viewer/postView.nhn?volumeNo=28701007&memberNo=8224696&vType=VERTICAL

· 니하오 타이완 , https://blog.naver.com/visit_taiwan

· 류성무 (2011.11.24), "대만 , 역사 속 '바야오완 사건' 재조명", 연합뉴스 , https://www.yna.co.kr/view/AKR20111124146700103)

· 이길성 (2019.07.15), "한때 '쓰레기 섬' 대만은 어떻게 재활용 선진국 됐나", 조선일보 , https://biz.chosun.com/site/data/html_dir/2019/07/15/2019071500080.html?utm_source=naver&utm_medium=original&utm_campaign=biz

· 타이완관광월간 , https://blog.naver.com/visit_taiwan

國家圖書館出版品預行編目資料

한국어로 타이완 문화와 놀자 - 포모사 문화의 만화경
用韓語說臺灣文化：繽紛的萬花筒——福爾摩沙 / 郭秋雯編著
-- 初版 -- 臺北市：瑞蘭國際，2021.09
192面；17 × 23公分 --（繽紛外語系列；104）

ISBN：978-986-5560-34-8（平裝）

1.韓語 2.讀本 3.臺灣文化

803.28   110013080

繽紛外語系列 104

한국어로 타이완 문화와 놀자 :
포모사 문화의 만화경

用韓語說臺灣文化：繽紛的萬花筒——福爾摩沙

編著者｜郭秋雯（곽추문）
審訂｜李賢周（이현주）
責任編輯｜潘治婷、王愿琦
校對｜郭秋雯、潘治婷、王愿琦

視覺設計｜劉麗雪

瑞蘭國際出版
董事長｜張暖彗 ・ 社長兼總編輯｜王愿琦
編輯部
副總編輯｜葉仲芸 ・ 副主編｜潘治婷 ・ 副主編｜鄧元婷
設計部主任｜陳如琪
業務部
副理｜楊米琪 ・ 組長｜林湲洵 ・ 組長｜張毓庭

出版社｜瑞蘭國際有限公司 ・ 地址｜台北市大安區安和路一段 104 號 7 樓之一
電話｜（02）2700-4625 ・ 傳真｜（02）2700-4622 ・ 訂購專線｜（02）2700-4625
劃撥帳號｜ 19914152 瑞蘭國際有限公司
瑞蘭國際網路書城｜ www.genki-japan.com.tw

法律顧問｜海灣國際法律事務所　呂錦峯律師

總經銷｜聯合發行股份有限公司 ・ 電話｜（02）2917-8022、2917-8042
傳真｜（02）2915-6275、2915-7212 ・ 印刷｜科億印刷股份有限公司
出版日期｜ 2021 年 09 月初版 1 刷 ・ 定價｜ 480 元 ・ISBN｜ 978-986-5560-34-8

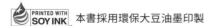